告訴雲彩

宋琳詩選

宋琳 著

《中國當代詩典》第二輯　總序

朝向漢語的邊陲

楊小濱

　　中國當代詩的發展可以看作是朝向漢語每一處邊界的勇猛推進，而它的起源也可以追溯出頗為複雜的線索。1960年代中後期張鶴慈（北京，1943-）和陳建華（上海，1948-）等人的詩作已經在相當程度上改變了主流詩歌的修辭樣式。如果說張鶴慈還帶有浪漫主義的餘韻，陳建華的詩受到波德萊爾的啟發，可以說是當代詩中最早出現的現代主義作品，但這些作品的閱讀範圍當時只在極小的朋友圈子內，直到1990年代才廣為流傳。1970年代初的北京，出現了更具衝擊力的當代詩寫作：根子（1951-）以極端的現代主義姿態面對一個幻滅而絕望的世界，而多多（1951-）詩中對時代的觀察和體驗也遠遠超越了同時代詩人的視野，成為中國當代詩史上的靈魂人物。

　　對我來說，當代詩的概念，大致可以理解為對以北島（1949-）和舒婷（1952-）等人為代表的朦朧詩的銜接，其轉化與蛻變的意味值得關注。朦朧詩的出現，從某種意義上可以看作官方以招安的形式收編民間詩人的一次努力。根子、多多和芒克（1951-）的寫作自始未被認可為朦朧詩的經典，既然連出現在《詩刊》的可能都沒有，也就甚至未曾享受遭到批判的待遇，直到1980年代中後期才漸漸浮出地表。我們應該可以說，多多等人的文化詩學意義，是屬於後朦朧時代的。才華出

眾的朦朧詩人顧城在1989年六四事件後寫出了偏離朦朧詩美學的《鬼進城》等傑作，不久卻以殺妻自盡的方式寫下了慘痛的人生詩篇。除了揮霍詩才的芒克之外，嚴力（1954-）自始至終就顯示出與朦朧詩主潮相異的機智旨趣和宇宙視野；而同為朦朧詩人的楊煉（1955-），在1980年代中期即創作了《諾日朗》這樣的經典作品，以各種組詩、長詩重新跨入傳統文化，由於從朦朧詩中率先奮勇突圍，日漸成為朦朧詩群體中成就最為卓著的詩人。同樣成功突圍的是游移在朦朧詩邊緣的王小妮（1955-），她從1980年代後期開始以尖銳直白的詩句來書寫個人對世界的奇妙感知，成為當代女性詩人中最突出的代表。如果說在1970年代末到1980年代初，朦朧詩仍然帶有強烈的烏托邦理念與相當程度的宏大抒情風格，從1980年代中後期開始，朦朧詩人們的寫作發生了巨大的轉化。

　　這個轉化當然也體現在後朦朧詩人身上。翟永明（1955-）被公認為後朦朧時代湧現的最優秀的女詩人，早期作品受到自白派影響，挖掘女性意識中的黑暗真實，爾後也融入了古典傳統等多方面的因素，形成了開闊、成熟的寫作風格。在1980年代中，翟永明與鐘鳴（1953-）、柏樺（1956-）、歐陽江河（1956-）、張棗（1962-2010）被稱為「四川五君」，個個都是後朦朧時代的寫作高手。柏樺早期的詩既帶有近乎神經質的青春敏感，又不乏古典的鮮明意象，極大地開闢了漢語詩的表現力。在拓展古典詩學趣味上，張棗最初是柏樺的同行者，爾後日漸走向更極端的探索，為漢語實踐了非凡的可能性。在「四川五君」中，鐘鳴深具哲人的氣度，用史詩和寓言有力地

書寫了當代歷史與現實。歐陽江河的寫作從一開始就將感性與理性出色地結合在一起，將現實歷史的關懷與悖論式的超驗視野結合在一起，抵達了恢宏與思辨的驚險高度。

後朦朧詩時代起源於1980年代中期，一群自我命名為「第三代」的詩人在四川崛起，標誌著中國當代詩進入了一個新階段，1980年代最有影響的詩歌流派，產自四川的佔了絕大多數。除了「四川五君」以外，四川還為1980年代中國詩壇貢獻了「非非」、「莽漢」、「整體主義」等詩歌群體（流派和詩刊）。如周倫佑（1952-）、楊黎（1962-）、何小竹（1963-）、吉木狼格（1963-）等在非非主義的「反文化」旗幟下各自發展了極具個性的詩風，將詩歌寫作推向更為廣闊的文化批判領域。其中楊黎日後又倡導觀念大於文字的「廢話詩」，成為當代中國先鋒詩壇的異數。而周倫佑從1980年代的解構式寫作到1990年代後的批判性紅色寫作，始終是先鋒詩歌的領頭羊，也幾乎是中國詩壇裡後現代主義的唯一倡導者。莽漢的萬夏（1962-）、胡冬（1962-）、李亞偉（1963-）、馬松（1963-）等無一不是天賦卓絕的詩歌天才，從寫作語言的意義上給當代中國詩壇提供了至為燦爛的景觀。其中萬夏與馬松醉心於詩意的生活，作品惜墨如金但以一當百；李亞偉則曾被譽為當代李白，文字瀟灑如行雲流水，在古往今來的遐想中妙筆生花，充滿了後現代的喜劇精神；胡冬1980年代末旅居國外後詩風更為逼仄險峻，為漢語詩的表達開拓出難以企及的遙遠疆域。以石光華（1958-）為首的整體主義還貢獻了才華橫溢的宋煒（1964-）及其胞兄宋渠（1963-），將古風與現代主義風尚

奇妙地糅合在一起。

　　毫不誇張地說，川籍（包括重慶）詩人在1980年代以來的中國詩壇佔據了半壁江山。在流派之外，優秀而獨立的詩人也從來沒有停止過開拓性的寫作。1980年代中後期，廖亦武（1958-）那些囈語加咆哮的長詩是美國垮掉派在中國的政治化變種，意在書寫國族歷史的寓言。蕭開愚（1960-）從1980年代中期起就開始創立自己沉鬱而又突兀的特異風格，以罕見的奇詭與艱澀來切入社會現實，始終走在中國當代詩的最前列。顯然，蕭開愚入選為2007年《南都週刊》評選的「新詩90年十大詩人」中唯一健在的後朦朧詩人，並不是偶然的。孫文波（1956-）則是1980年代開始寫作而在1990年代成果斐然的詩人，也是1990年代中期開始普遍的敘事化潮流中最為突出的詩人之一，將社會關懷融入到一種高度個人化的觀察與書寫中。還有1990年代的唐丹鴻（1965-），代表了女性詩人內心奇異的機器、武器及疼痛的肉體；而啞石（1966-）是1990年代末以來崛起的四川詩人，以重新組合的傳統修辭給當代漢語詩帶來了跌宕起伏的特有聲音。

　　1980年代的上海，出現了集結在詩刊《海上》、《大陸》下發表作品的「海上詩群」，包括以孟浪（1961-）、郁郁（1961-）、劉漫流（1962-）、默默（1964-）、京不特（1965-）等為主要骨幹的以倡導美學顛覆性及介入性寫作風格的群體，和以陳東東（1961-）、王寅（1962-）、陸憶敏（1962-）等為代表的較具學院派知性及純詩風格的群體，從不同的方向為當代漢語詩提供了精萃的文本。幾乎同時創立的

「撒嬌派」，主要成員有京不特、默默、孟浪等，致力於透過反諷和遊戲來消解主流話語的語言實驗，也頗具影響。無論從政治還是美學的意義上來看，孟浪的詩始終衝鋒在詩歌先鋒的最前沿，他發明了一種荒誕主義的戰鬥語調，有力地揭示了歷史喜劇的激情與狂想，在政治美學的方向上具有典範性意義。而陳東東的詩在1980年代深受超現實主義影響，到了1990年代之後則更開闊地納入了對歷史與社會的寓言式觀察，將耽美的幻想與險峻的現實嵌合在一起，鋪陳出一種新的夢境詩學。1980年代的上海還貢獻了以宋琳（1959-）等人為代表的城市詩，而宋琳在1990年代出國後更深入了內心的奇妙圖景，也始終保持著超拔的精神向度。1990年代後上海崛起的詩人中最引人注目的是復旦大學畢業後定居上海的韓博（黑龍江，1971-），他近年來的詩歌寫作奇妙地嫁接了古漢語的突兀與（後）現代漢語的自由，對漢語的表現力作了令人震驚的開拓。還有行事低調但詩藝精到的女詩人丁麗英（1966-），在枯澀與奇崛之間書寫了幻覺般的日常生活。

　　與上海鄰近的江南（特別是蘇杭）地區也出產了諸多才子型的詩人，如1980年代就開始活躍的蘇州詩人車前子（1963-）和1990年代之後形成獨特聲音的杭州詩人潘維（1964-）。車前子從早期的清麗風格轉化為最無畏和超前的語言實驗，而潘維則以現代主義的語言方式奇妙地改換了江南式婉約，其獨特的風格在以豪放為主要特質的中國當代詩壇幾乎是獨放異彩。而以明朗清新見長的蔡天新（1963-）雖身居杭州但足跡遍布五洲四海，詩意也帶有明顯的地中海風格。影響甚廣的于堅

（1954-）、韓東（1961-）和呂德安（1960-）曾都屬於1980年代以南京為中心的他們文學社，以各自的方式有力地推動了口語化與（反）抒情性的發展。

朦朧詩的最初源頭，中國最早的文學民刊《今天》雜誌，1970年代末在北京創刊，1980年代初被禁。「今天派」的主將們，幾乎都是土生土長的北京詩人。而1980年代中期以降，出自北京大學的詩人佔據了北京詩壇的主要地位。其中，1989年臥軌自盡的海子（1964-1989）可能是最為人所知的，海子的短詩尖銳、過敏，與其宏大抒情的長詩形成了鮮明對比。海子的北大同學和密友西川（1963-）則在1990年後日漸擺脫了早期的優美歌唱，躍入一種大規模反抒情的演說風格，帶來了某種大氣象。臧棣（1964-）從1990年代開始一直到新世紀不僅是北大詩歌的靈魂人物，也是中國當代詩極具創造力的頂尖詩人，推動了中國當代詩在第三代詩之後產生質的飛躍。臧棣的詩為漢語貢獻了至為精妙的陳述語式，以貌似知性的聲音扎進了感性的肺腑。出自北大的重要詩人還包括清平（1964-）、西渡（1967-）、周瓚（1968-）、姜濤（1970-）、席亞兵（1971-）、冷霜（1973-）、胡續冬（1974-）、陳均（1974-）、王敖（1976-）等。其中姜濤的詩示範了表面的「學院派」風格能夠抵達的反諷的精微，而胡續冬的詩則富於更顯見的誇張、調笑或情色意味，二人都將1990年代以來的敘事因素推向了另一個高度。胡續冬來自重慶（自然染上了川籍的特色），時有將喜劇化的方言土語（以及時興的網路語言或亞文化語言）混入詩歌語彙。也是來自重慶的詩人蔣浩

（1971-）在詩中召喚出語言的化境，將現實經驗與超現實圖景溶於一爐，標誌著當代詩所攀援的新的巔峰。同樣現居北京，來自內蒙古的秦曉宇（1974-），也是本世紀以來湧現的優秀詩人，詩作具有一種鑽石般精妙與凝練的罕見品質。原籍天津的馬驊（1972-2004）和原籍四川的馬雁（1979-2010），兩位幾乎在同齡時英年早逝的天才，恰好曾是北大在線新青年論壇的同事和好友。馬驊的晚期詩作抵達了世俗生活的純淨悠遠，在可知與不可知之間獲得了逍遙；而馬雁始終捕捉著個體對於世界的敏銳感知，並把這種感知轉化為表面上疏淡的述說。

　　當今活躍的「60後」和「70後」詩人還包括現居北京的莫非（1960-）、殷龍龍（1962-）、樹才（1965-）、藍藍（1967-）、侯馬（1967-）、周瑟瑟（1968-）、朱朱（1969）、安琪（1969-）、王艾（1971-）、成嬰（1971-）、呂約（1972-）、朵漁（1973-），河南的森子（1962-）、魔頭貝貝（1973-），黑龍江的潘洗塵（1964-）、桑克（1967-），山東的宇向（1970-）孫磊（1971-）夫婦和軒轅軾軻（1971-），安徽的余怒（1966-）和陳先發（1967-），江蘇的黃梵（1963-）、楊鍵（1967），浙江的池凌雲（1966-）、泉子（1973-），廣東的黃禮孩（1971-），海南的李少君（1967-），現居美國的明迪（1963-）等。森子的詩以極為寬闊的想像跨度來觀察和創造與眾不同的現實圖景，而桑克則將世界的每一個瞬間化為自我的冷峻冥想。同為抒情詩人，女詩人藍藍通過愛與疼痛之間的撕扯來體驗精神超越，王艾則一次又一次排練了戲劇的幻景，並奔波於表演與旁觀之間，而樹才

的詩從法國詩歌傳統中找到一種抒情化的抽象意味。較為獨特的是軒轅軾軻，常常通過排比的氣勢與錯位的慣性展開一種喜劇化、狂歡化的解構式語言。而這個名單似乎還可以無限延長下去。

1989年的歷史事件曾給中國詩壇帶來相當程度的衝擊。在此後的一段時期內，一大批詩人（主要是四川詩人，也有上海等地的詩人）由於政治原因而入獄或遭到各種方式的囚禁，還有一大批詩人流亡或旅居國外。1990年代的詩歌不再以青春的反叛激情為表徵，抒情性中大量融入了敘述感，邁入了更加成熟的「中年寫作」。從1980年代湧現的蕭開愚、歐陽江河、陳東東、孫文波、西川等到1990年代崛起的臧棣、森子、桑克等可以視為這一時期的代表。1990年代以來，儘管也有某些「流派」問世，但「第三代詩」時期熱衷於拉幫結夥的激情已經消退。更多的詩人致力於個體的獨立寫作，儘管無法命名或標籤，卻成就斐然。1990年代末的「知識分子寫作」與「民間寫作」的論戰雖然聲勢浩大，卻因為糾纏於眾多虛假命題而未能激發出應有的文化衝擊力。2000年以來，儘管詩人們有不同的寫作趨向，但森嚴的陣營壁壘漸漸消失。即使是「知識分子寫作」的代表詩人，其實也在很大程度上以「民間寫作」所崇尚的日常口語作為詩意言說的起點。從今天來看，1960年代出生的「60後」詩人人數最為眾多，儼然佔據了當今中國詩壇的中堅地位，而1970年代出生的「70後」詩人，如上文提到的韓博、蔣浩等，在對於漢語可能性的拓展上，也為當代詩作出了不凡的探索和貢獻。近年來，越來越多的「80後詩人」在前人

開闢的道路盡頭或途徑之外另闢蹊徑，也日漸成長為當代詩壇的重要力量。

中國當代詩人的寫作將漢語不斷推向極端和極致，以各異的嗓音發出了有關現實世界與經驗主體的精彩言說，讓我們聽到了千姿萬態、錯落有致的精神獨唱。作為叢書，《中國當代詩典》力圖呈現最精萃的中國當代詩人及其作品。第二輯在第一輯的基礎上收入了15位當代具有相當影響及在詩藝上有所開拓的詩人。由於1960年代出生的詩人在中國當代詩壇佔據的絕對多數，第二輯把較多的篇幅留給了這個世代。在選擇標準上，有多方面的具體考慮：首先是盡量收入尚未在台灣出過詩集的詩人。當然，在這15位詩人中，也有少數出過詩集，但仍有令人興奮的新作可以期待產生相當影響的。即便如此，第二輯仍割捨了多位本來應當入選的傑出詩人，留待日後推出。願《中國當代詩典》中傳來的特異聲音為台灣當代詩壇帶來新的快感或痛感。

輯二 | 巴黎

輯三 新加坡——布宜諾斯艾利斯

輯六｜北京——大理

上海

情緒：49號

如果我沒有記住他們那是我的恥辱

有人在窗外敲打木板

有人在草帽下夢著在半個太陽裡睡眠

鬍鬚很長

有人畫過撐在鋤把上的下巴

濃密的鬍鬚裡的祕密我曾看見

少女拎著木桶走過草地

憂鬱的少女是最美麗的

我曾聽見她的歌聲搖動所有的葉子

有一片葉子名叫惠特曼

惠特曼是一個不壞的木匠

他死去僅為了一片傷心的葉子

而我活著

我記得我見過很多熟悉的面孔

表情裡埋著五個不為人知的感官

和一些故事

他們砍起木頭來簡直不要命

嘴裡嚼著草莖又隨意吐出一個春天

我看見他們成群結隊到最孤獨的那座山去

建起一排木屋

我恥辱是因為我逃避了什麼

我的宿命應該在那條道路的盡頭

在幾棵雲杉樹下

在看不見的地方

有韻味地敲打木板

1985.3.23

只有時間

只有時間是真實的
只有時間能穿越表像世界的感官進入體內
讓坐在籐椅中的女人僅僅轉動一下臉龐
　　便使觀賞者的眼睛驚異
　　使你徹夜不眠

只有時間創造了流動
　　創造了河
兩隻水獺被自然之母豐腴的子官分娩
爬上岸來頻頻交頸
宇宙由此進化
這無知的獸類是顴骨碩大的人的先哲
　　也是最初的觀察者

只有時間使香樟樹鑿成不繫之舟放浪於澤上
　　午宴的男人和女人隔著巨川
　　看見我們
　　相繼遠去
留下了承接果實的火製瓷盤
由聰慧之手舉過頭頂
只有時間具有如此巨大的挑逗性
　　向你亮出最神祕的部位

又迅疾遮掩

只有時間的喉腔發出尖銳而怪誕的聲音經久不衰

在你的血流裡激起水花

萬物在舞蹈中靜止

只有時間讓那麼多遠道而來的朝觀者雙膝著地

普利高津的前額被欲望敲出黑洞

在世界的海濱

不明飛行物的殘骸長成一片

人間奇景

只有時間端坐於高坡

用燦爛的手指向我耳語

人啊，舉在我右手上的地球是一只多味蘋果

內中的果仁有三顆

時間如是說

1985.3.26

致埃舍爾

我想加入世界的角逐

　　　　——題記

我從你的背面異乎尋常地看見你的臉

反光球裡你眼球的反光

抽著你的雪茄正抽在你嘴裡

書房的和平與頭髮的憤怒

我輕輕地喊了你一聲埃舍爾

我曾在哪條街道上看見你

並在你營造的城中城與你面對著喝了一會兒咖啡

一群蜥蜴在陽光下做遊戲

另一群僧侶在默禱中上上下下爬樓梯

又幽默地回到原處

坦率地說我同情他們埃舍爾

你不該讓他們為難

我想把你稱作年邁的怪獸同時又是生活之父

埃舍爾

聽見了嗎我在你的畫廊下想入非非

我夢寐突破人間格局

到你的城廓裡退化為一隻寄居蟹

用一隻長螯張牙舞爪

少女們因為我美麗如自由神如藍眼珠的飛鳥

煽落白天與黑夜編造的永恆之謎

我渴望充滿溫情地與你對話埃舍爾

你不是孤獨的你有我

但我必須重複那句話埃舍爾

你將不幸，你正不幸

你強有力地打向世界的黑色拳擊手套

不偏不倚打中了自己

你臉上的青腫色塊其實很像梵谷的〈星夜〉

你只是不便明說而已

最終人們把水車下的瀑布回流鑑定為什麼

有誰知道

我經歷了千辛萬苦踩著你後跟的影子

在上回那條街道又與你奇遇

我十分親暱地喊了你一聲埃舍爾老爹

你卻不理我

原來你已在一只空盒裡死去良久

百年之後又是誰從背後喊我先生你早

嚇了我一跳

1985.3.31

歲月那邊

死亡是生命的存在形式
　　　──海德格爾

歲月那邊站著三個男人
站在青草蔓延的岸上眼眶被痛苦啄空
鴉群排成黑衣巫師的唱班
為誰而禱？
父親的棺柩拖在三個男人的影子後面
聽得見他的身體發出的裂響
他青筋暴突的太陽穴旁留下一個血斑
那是死神最後的齒痕

天空下走過
三個男人和他們死去的
父親

男人的可貴和劣性是沉默
沉默是父親嘮叨一輩子的一句話
直到死後才被說出
記住！你們是我的兒子是的我們是你靈魂的
派生物啊父親
在你苦心經營的種植園裡被播撒和被收割

我們是從你威嚴的胸前逃走的

你的兒子

是三株變種的麥棵

父親

你是為我們活著又為我們死去的啊

我們遭砍伐的罪責釘成了這具安放你的棺柩

暴露在陽光下

從此我們不再相信

痛苦能夠結束痛苦

把你埋到你的種植園去你的理想國去

最後一次用嘴唇觸觸你的下巴

讓你看著我們像你一樣躺下

躺成一片規模更大的種植園

你生死的淵源遲早要傳染給我們學會怎樣去死

深耕之後

耳朵會抽出報應的穗來眼睛會結出麥粒

手指可以餵食

而那句關照兒子的話

只能交給秋天說去

歲月那邊三個男人和一個家族的盛衰史

人間業已失傳

1985.4.15　清明時節

流水

跪下的人，從望遠鏡背後看見天象

一隻蠍子倏忽而過，咬住一把石釜，空氣在顫動

他手中吉祥的蝴蝶也飛入煙塵

如流水

行止何處呵，蠍子，做客的好人

棧房裡堆放著木頭，深山的鱗光塗在車輪上

有如張開的嘴

為你的遠遊點燃一次火吧

給一匹快馬洗浴的裸身闖入大海

被誰所攝像？額前掛滿了水

城市中動作遲緩的庸人在博物館的門洞裡

等待最後一分鐘營救

那馬群已死，火車的履帶滑向深谷

是大地在動嗎？

太陽在天外嘯叫。是天空在動嗎？

誰說：要有人，於是就有了人

誰在無聲無息中煤氣中毒

被遺棄的荒島周圍流水渙渙，吸入我們有罪的身體

我們不知道一切，正如高貴的水漏不知道我們

裹屍布上有一束暗紅的花

散落如金

但我們終於記住了，不可能回來的去處，可能回去
　　的來處

夢中打著手勢的囈語，道破玄機

集體自殺的鯨魚吐出最後一片沙灘

永恆的徵兆高掛雲帆

但我終於收到了唯一的那封信

郵戳像屁股上的胎記，輕輕托在媽媽的手心

蠍子呵，妒嫉的飛蟲

離開你不可占卜的軌跡到這裡來

我踏上億萬光年的滑梯，從層層脫去的軀殼裡

從煤層下的岩洞之門的一道裂縫

媽媽誕生過我的手心也顛覆著我

記住她生前所有的災難

萬象如流水。我們

在眼睛和耳朵之間睡去，因有限而不可企及

1986.5.4

人群

我不能看到那些臉，那些浮著灰塵的吸盤

鼻子貼在明亮的空氣裡

失去了憤怒

在形體古怪的樹下站著

從高處鑿成方形的洞裡探出身來

喊我的名字

被七八個東西驅趕著，進入傑特酒吧

像孩子一樣無聲地乾哭

我在玩弄一隻魔盒，逐一打開

大河豎起在城市的午後

我看不見什麼，我看見了記憶中的若干人群

我之外的一切都是距離嗎？

一張臉魚一樣游來，又很快離開

沒有用意也沒有所求，似乎非常古老

車子停下時我在動

汽油味灌滿了空瓶，沿街滾去

我坐在地鐵出口處的長椅上讀報

明天還是如此

人群都長了羽毛，一跳一跳

但卸不下笨重的面具

在更遠的遠處他們是乳房低垂的鳥類

向我俯下身來，我想：

我要打開的是哪一只魔盒
是我被無形之手打開了嗎？

我趕到了大河
拖船停在第九級台階已經百年
充當模特的老者滿臉羞色，他被圍觀
但沒有人看見他
抱住骷髏的手盛開如一朵惡之花
迅速枯萎，沒有人為它流淚
長椅伸向另一端那第二個讀報人
親親我，影子
用你的落腮鬍扎我，讓我發癢或者
到澡堂裡泡一泡也行

想你到死的人群，受難的人群
坐在孤獨的房子裡想著聖地
舉著同一塊石頭敲擊同一塊冰
扭成樹根的臉被挖掘又被遺棄
明天的明天
會有一隻從我的體內跳出來的狗
把兩眼掏空
如果它的舌頭吐出了一些人語

那意思就是

汪汪，汪汪，汪汪汪汪汪

一種聲響

鋼琴家，我看見你靈巧的十指墜入官能

四分四十三秒，耳朵觸摸到水流

刮指甲的聲響性感地飄逸

令昏睡初醒的面孔在慵懶中嫵媚

木屐漸遠

握傘的漢子壓低帽簷走過佩勒堤埃大街

有人在菩堤樹下喝咖啡

有人把腳伸進污染的河床，躺在台階上

鋼琴家，打開你肚皮下巨大的琴蓋

讓身體的每個部位恢復平等

向陽或向陰，喧囂或騷動

外面的世界與你無關，窗格上晃動的臉龐

如一群鬼魅，嬉笑於城市

我握住一塊鋼板的邊緣發作起來

為所有的歷險與災難乾杯

玩命者沉入浴缸體驗著毀滅，十五歲半

我愛過一副損毀的面容

她說：熟練的手簡直妙極了像一條河非常

舒服地流動馬的形骸奔跑著雄姿上下起伏

他說：砍倒圓木的不是斧斤不是咒語絲綢

潛進每一個暗香的部位尋找淨土抵達禪宗

看得見身體中墨色的血迴旋於骨頭

大河的羽毛拂動沉重的鼻息，又跌落

深睡眠在進行，雨中的救護車形體怪異地嚎叫

悲哀或痛苦，死去或生還

鋼琴家，你的手臂裏挾多少銳利的舌尖

唯一的聲響被我看見

天籟穿過瓷瓶，碰撞，打碎

零散的天空下，下肢萎縮的理查‧漢森

幾經昏厥，咬破厚厚的嘴唇

鋼琴家，為他的奇蹟準備一種儀式

流浪的馭手——人類傑出的馭手——漢森

我在東方的一座城市為你放聲痛哭

空白

在那裡時間解放了我們。一隻翅膀最紅，
遮著世界，而另一隻已輕柔地在遠處扇動。
　　　　　——埃利蒂斯〈勇士的睡眠〉

去過的地方離我們並不遙遠
憋足了氣慢跑就能趕上。一些容顏古舊的鳥
胸脯裡裝滿穀粒
我的口袋裡裝滿了錢
去白得耀眼的房頂上滑雪
跌落時會有一陣恐懼的心跳，腳發軟
身體的下面很深
晚上在鐵道旁的旅店裡光著身睡眠
隔著柵木可以看見
肌膚若冰雪
方寸之間有一叢絨毛粘上福分
與窗外靈性的草沒有兩樣
無聲地蔓延
直到月蝕，天上出現空白

那一切都挨得很近
火柴和煙斗，腰和臀，宗教和藝術
兩個半圓輕輕合起

像下巴上的嘴，用呼吸吹奏死亡

最美的花在城市附近的村舍微笑

沒有人知道她的身世

父王的腦髓被神明點了天燈

我想起楓丹白露之夕

畫匠們拖著雪橇雲集，爭論什麼是空白

房客有了主人——這是我的財產

你們隨便使用吧

午夜的另一面是牆壁，突破

你可以繼續趕路

我把手枕在頭下，身體便緩緩飄過

所有去過的地方

城市的停屍房裡有我的熟人

綽約若處子

可憐的腳塗滿了泥巴，手鬆開一片死光

1986.6.2

城市之一：熱島

少女月潮引來旱季的紅雨

眼睛從海底浮向沙面

在人的兩個洞穴裡淪為發光的天體

被命名所誤解

那河源的誤解由來已久了

紋身之謎蛀空了你的五腹

外表依然裝飾得華貴──去快餐廳吃高蛋白的蝸牛

去沙灘上崇拜陽光和性徵

侵犯最深處的自由

城市人

實驗室裡的一隻白鼠為文明流淚

獵鷹的父親走向高山上的莽林

建立一個人的哲學

熱島在飄移

抓不住懸梯的溺水者被甩下

成為唯一的倖存者

熱島不在飄移中沉沒

就在最後一秒返回

1986.6.5

城市中的一條河

城市中的一條河，我的皮膚

纏住了它

它本來叫一條不回頭的河

船開動時影子逼走了不算好看的魚群

附近有一所小學和一個鋸木廠

我常常在那裡逗留

看孩子們在木頭的粉堆裡玩

他們並不懼怕背後高大的煙囪

它太高了

仰起頭才能看見

河就從橋的下面流出來

像一片扁平的墨色的鏡

垃圾船隻從早晨就停在那裡

要一直停到午後

婦女們把積蓄的廢物倒進拖斗*

船就像抽屜一樣滑向下游

這並不幽默

卻是我每天都要看到的景象

天氣轉暖的時候

你還會看到水上冒出的熱氣

刺得你鼻孔發癢

我甚至想到了游泳

我現在所要求的一切不是憑才能

要一直游到遠處的那座鐵橋

再光著身子上來

這是一條怎樣的河啊

鳥避開它，岸邊的門四季都關著

只有台階看不見的部分伸到最深處

它或許能最終明白我的用心

*編按：指垃圾船的敞篷船艙。

水上的吉象（組詩選）

1.煨桑

從無源之水被砍伐，在所有的忌辰裡浸泡於鹽

遭不幸的是唯一的一株柏

法輪威嚴地旋轉，快過日輪之光

邁向極樂的四蹄卻囚禁於塔

煨桑之樹，女性的樹

原先並不習慣於匍匐

而牽象的手最後穿越了普遍的凶兆

這時誰能回答？自焚的香焰已從吹奏長號的嘴升起

不擊而鳴

金瓦殿高牆上的一百面銅鑼同時照出獸面王

山水的經變來自柏身

她微閉雙眼時神情是吉祥的

被遺忘的根，紋飾於鑄鼎人的手臂

一切都應驗了

在灰燼熄滅之前涅槃

2.跳神：四鹿舞

鹿兮，第一蹄越過所有生靈居住的漠野

在那裡佳木為你準備了溫暖的社火

尾骨與劍交錯生輝，照亮猙獰的髏堆

鹿兮，第二蹄踏向遠空高懸的瀑布
倒淌之河上臍蒂盛開四瓣蓮花
吼獅嬌憨如嬰，向精血氾濫的月潮虔誠頂禮

鹿兮，第三蹄撥響法王膝下的金鈸
怒容禳解為和靜之象
瑜伽的經絡在晝夜輪迴中如雲飄動

鹿兮，第四蹄輕輕收回背上花紋的五蘊
角枝歸還於土，而鳴叫三聲
必然幻化成現實之虹以及瘦小的踢踏之精靈

3.衰本*

讓預言像一滴血淡開，滋養未來之濱的白色旃檀
我將以永恆的睡姿感動人類
以肉冠一樣抖顫的枝葉撫慰曝日下彈跳如簧的塵土
一切微不足道的慈善都不會在我的注視中消寂。矮
　　小的蟲豸
露出稚氣的牙齒的一群蜥蜴，駱駝不易覺察的忍耐
　　的眼神
那些死訊……

人啊，讓我廣袤額頭上象徵智慧的一顆痣

趕在燃燈節前照亮你們的苦難，如同一次洗劫

讓鳴沙上悲淒的獨木從我的身體裡榨出液汁

被勸告的傾覆之舟划過最高處誕生眾水的河床

在那裡躺著一隻悟性的魚

它逆行千里的馱車早已失去了唯一的輪子

忘了吧，那些出生的理由

割斷俗念的沙彌戒

怒神兩肋的聖油使石階下默誦的花朵顯示邪惡之美

當我在息靜中垂手凝睇

十萬尊獅吼佛的尊嚴頃刻瓦解為玉帛上消逝的皮影

但是忘了吧！忘了吧！歸途的十二個時辰比磷火更

　　明亮

我將一個人留下，接受最後的酷刑

4.牛王馭女

這喘氣都麼快活，這扭動，牛王的兩個內傾的角骨

　　升起

多麼陌生！像死亡磨出的兩輪新月

刺向鬆動的夜晚

鼻翼微微翕動，那土伯特人眼裡魔幻的黑鐲多麼威嚴

捲起停留在松針上的風暴
無邊無際地降臨

　　女巫：從裸舞的淫蕩中拯救她們吧，王
　　　　　盛接湍流的陶壺破碎了

長髮如鷹，盤旋於陷落鹿蹄的沼澤
萬千怯懦的黴菌之眼把頌歌傾潑在你的前胸和背脊
這跋涉古已有之，這親善的對話無以復加
在飛鳥越不過的抽搐之源
慾望正膨脹起皮膚上飽滿的血色，向渾濁的愛情
向振動肉身的崇拜，一千次揚起暗紅的雄冠

　　女巫：從裸舞的癲狂中撫慰她們吧，王
　　　　　露出傷口的睡蓮消瘦了

1986

＊衮本：藏語，音譯，意為十萬尊獅吼佛。

彷彿走在去大馬士革的路上

彷彿走在去大馬士革的路上
你是我的包裹，鐘聲放逐河流和雲朵
你是甩不掉的、任性的一個女孩

圍著篝火跳舞的塵埃
在落日城堡，我們的愛墜向死亡
穆罕默德的鷹垂下眼淚。

從這條顛躓的路上不住地回頭
城市變成了火海，人人都在逃走
你看我怎樣捉住一縷空氣

我捉住你，活潑的小海妖，你不可能
掙脫，不管你多麼會誘惑
一邊說著謊一邊又海誓山盟

大馬士革在變小，風呼嘯
山地的上空刺骨而熱烈
一不小心就會撞上木星的花環

你將被帶到宇宙的角落裡，就像上星期
我們橫穿了半個月亮的沙漠
呼救的風信子開滿陌生的墓地

不要回頭，不要落下，我的女孩
有燈塔的地方就有狂暴的海
有一條鱷魚就有一個殺死鱷魚的保羅

不要憂傷，不要哭泣，我的女孩
我們共同的保羅站在路邊，扛著船槳
而恐懼有一張司芬克斯的臉

1988

流年之末

要加入整齊的合唱
八音和鳴中蝴蝶沉睡
我們不要驚動它。看那灰塵
安靜而不渾濁
看那排簫上面金黃的光點
大小相宜，永不消失
聽從召喚吧，狂亂的世人
回來在林中的盛宴上

我們倆心不分
剛剛開始的是木魚之路
正在結束的是燈籠之夢
不同的雨，雨中的山，山外的盛世
輾轉而不悱惻
橄欖因玉石而微醉
我們暢飲，並解救出它的姐妹
盛大的天空的合唱
解救出零星的影子

雲的譬喻是明月
憑窗而眠的菊花夢見的是梳子
浪人自刎於誰家的屏風？

回來，向著蓮心吹氣

用波光取代襟袍

掩面不顧但明察周圍

出於因緣和恰當

我們熄滅聲色，成為空的俘虜

我們內外不分

煽動起新的輪迴

五蘊在剎那洞開

鹿蹦跳

小小的螢火顛仆不破

端坐於流年之末

我們因一支歌的傳唱倖免於死

1988

身體的廢墟（組詩選）

一座倒塌的宮殿，它的每一個門道照樣敞開著。

——《詩學筆記》

3

無辜的孩子，被摘取的女人前胸的

一顆梨，果汁淹沒了鼻孔

繈褓的庇護人與繈褓本身

無意間來到世上

無意間加入了灰塵在刀鋒上的舞蹈

無辜的孩子，跑吧

丁香花打開聖殿，沿著陌生面孔曲折的走廊

勇士的馬在黃昏的湖面上吹響了魔笛

你將挑選盾，盔甲，一本火之書

你將碰到誰的頂蓋？

手護著脆弱的部分，用錘子輕輕敲打

那聲音就像是我親自發出的

摩爾人，尼安德特人，元謀人的後代

前額凸出的孩子，濃重的鼻音一直拖到

睡眠裡，通過胸腔回到臉上

最後被沉悶的土地吸收乾淨

對於我，錯誤的事實就是你的聖殿

是你柔軟頭顱周圍遭砍伐的光

我也是一個孩子，在早晨就預見了中午

被眼淚摧毀的成年人的儀式

塑造了不朽的眼淚

當那智慧的人對我說：

至上而下，潰敗是不可避免的

災難的帽子立即按住了他的頭

（襁褓，你帶走了什麼樣的神諭？）

無辜的孩子，跑吧

馬背上那無頭勇士未遂的夢

被巨斧劈開，肝腦塗地

頂蓋飛出了，獨自飄蕩，沉淪

成為一件擺設，一種口舌之間的複製品

成為死和怕。必然是你，

無辜的孩子，坐在聖殿門前，等待

水瓢裡的靈魂還原到一張清澈的臉

長眠在一切記憶之外的時間

4

朝著兩個方向奔逃，同時

就是朝第三個方向

即使我盲眼，鰭、觸角、鳥類的翅膀

也會同時到達明天。我看不見更多

聲音被刺傷，我的手掌

放上一群活潑的花朵

鐘擺一樣的人的四肢在大地上搖晃

魚的四肢，昆蟲的四肢

這動物的根鬚深陷在落日的感傷中

壁畫彎曲，鬥獸場熱浪飛翔

曾經的囚徒如今戴上桂冠

曾經的詩人腳插在飢餓的泥裡

像一本書中浪漫的插頁

比骨頭更瘦的肉長在面頰兩旁

這城市街道上唯一的盲流

背叛的牙齒和木炭

我將詛咒哪一種語言中最奢侈的詞？

讚美哪一種麵包和酒？

一個盲人和他所鍾愛的人

失散在趕路林中，整座森林的舞臺

面目全非，我將救出誰的假肢

和那些危險的道具？

同時走進兩條河的人是不幸的人

同時唱出兩支歌的鳥是幸福的鳥

鑰匙的製造者，磨礪器官的高僧

他們的靈魂不在身體的房間裡

在幽暗的季節，我聽見眼淚打濕心臟

由此產生的讚歌，再度迷失在傳說的深宮

我，一個盲人，光明的囚徒

抗議的聲音與卑微者的財富

我消瘦的詩篇在火中呻吟

逃亡哪裡，我失語的神？

眼眶裡堆積著宿命的光

盲目的軀體永遠看不見的光

聽鐘人翻一個身，又走上漫長的陡坡

1988

漫步玫瑰長堤的午後

1

不存在命名之外的玫瑰長堤，
正如不存在我想像的遺體，
他眺望一艘西渡的船。多年前
抽身到這裡，當植物的肉冠顫抖。

2

玫瑰也不是現實的那種，
我擁抱過最小的，並散開她的頭髮，
芳香侵入我瓦解我。江面開闊，
其餘的姐妹全體逃之夭夭。

3

汽笛聲聲，你從歌唱變為哭泣，
哭泣著，像花枝摹仿嬰兒而哭泣。
我該小心，不退讓，也不碰傷，
露滲出你火紅的萼與蕊。

4

玫瑰的聲音，兩種樂器的聲音，
從悶熱的七月到九月，
靠眼睛傳遞的火在心中消隱，
而雪的天國是否在十二月降臨？

5

愛是死亡的美麗的使者，
坐在鏡子前，我們中間，
用睫毛打量，用夢囈招呼，
領我們涉過太陽下洶湧的江流。

6

白鷺飛去又飛來，空中的消息樹，
讓它們棲居到赴死的一天。
我只在瞬間，從長堤上接住
天使在午後的一個眼神。

7

青春的渴，嘴唇的渴。雨中，
你眼睛的黑葡萄閃閃爍爍，
低著頭，手指旋轉著一枚鈕釦，
突然的慌亂更助長了你的美。

8

消磨著這共同的悠閒時光，
我是悠閒的漁夫的一秒，水上的浮標。
群山走向浩茫的心思，
快樂的魚在魚漂前行止。

9

你的軀體屬於一個側面的夢，
一個夢挽留的白晝。我該用什麼
來把你比喻？有時這樣，有時那樣，
你任性如風，嚴肅如女祭司。

10

讓我告訴你什麼是隔霧看花，
握住玫瑰的手被玫瑰燙傷；
讓我返身於黑暗之後，
告訴你狂醉的事物生長在哪裡。

11

海上升起月亮飽滿的乳房，
來把我們哺乳。果實從初春落向深秋，
人因樹的高度而借助於梯子。
季節被切成幾瓣，由生者和死者分享。

12

果實在不斷往下落，從肩膀上方，
我們沉甸甸的內部愛也是一樣，
相互品嚐，同時被全能者所品嚐，
當你解下叮噹響的裙子。

13

我無愧於來往的舟楫，移動的墓園，
流淚的眼睛裡滿含春天。
你是一本書，如果我突然老去，
會再度年輕，只要能把你閱讀。

14

你的頑皮從上游氾濫到下游，
用迷霧製造錯誤，指給我看，蝴蝶
的翩翩小旗渡江去，但我始終不解，
為什麼你願在那些金粉中碎身。

15

為愛而受煎熬的祕密的玫瑰，
極度的慾望燃燒著空氣。
根部的泥土之吻卻永遠沉默，
沒有人聽見地下水流的脈搏。

16

我曾生活過──如果我能夠這樣說，
我就能證明幸福不是虛妄。
那麼，萬一你也不免死去，
愛仍會驅動我把你從地獄奪回。

17

我將無限地飛去，飛──
直到烏有，玫瑰之香托起我的魂魄。
有一艘船要把我運回，美酒
千年之後要澆到醉漢胸前。

18

看不見的東西在我們周圍排列，
宇宙是萬有的博物館。
因為愛，每一物都得到一張讚美的嘴，
你呢？平分了我讚美的世界。

19

腳下這條似乎無盡頭的長堤，
因我們倆的漫步而存留。
你瞧，我們離去時，玫瑰何有？
而當我們復來，花又原樣盛開。

20

我久久注視一具花下的遺體，
明月當空，埋葬掉多少舊我。
舊我的玫瑰將被這個下午熏黃，
讓我懷抱你，消失在青野之鄉。

1989/1994

一 船被販運的少女之歌

那條船已駛出港灣。
下午，我乘長途車抵達這座城市。
刺桐樹，葉子碰著葉子，
塔，對稱著蒼翠的遠山。
我站在石橋上，海水低平。
偷渡者的船就是這樣
冒著黑煙並開足了馬力。

無數巧合中的一種。風景
渾圓地在我的視網膜上展開，
波浪被螺旋槳撕成條狀。
我在人群中，被空氣推搡著，
像一個視入太陽的盲人。

為此我痛恨過自己。
在旅館客房裡，
我有罪的軀體接受了你慷慨的柔情。
皺巴巴的報紙一角，我又見到了它，
滿帆，超重，不可一世，
幾乎越過我的頭頂。

那一夜我們手牽手逛遍每條街，

沉浸在死亡的亢奮中，

那麼快地把自己的姐妹遺忘在了海上。

她們將同壓艙物待在一起，

始終比想像超出半海哩。

故鄉之岸在最後一瞥中

傾斜，同一個月亮

升上了臺灣海峽。

1989/1995

海上的菊

把鏡中發芽的種子撒在海上

把劍收起來。劍

在海水裡冒著熱氣

菊花爛漫，滿架的書傾倒

一面鏡子同時飛出三隻夜鶯

是什麼東西驚魂未定

誰在一隻漏氣的橡皮艇上驚魂未定

我的喉嚨接住空中落下的一柄劍

我橫空出世，復又下沉

夢遊於海上的仙山和明月

1989.12.5　獄中

死亡與讚美（組詩選）——給麗莉

這個王后用自己的美貌
驅散了四面八方的黑暗
　　　　——羅摩衍那

2

聽不見她心中喧嚷的蜂房
陽光下憂鬱的少女。我只是用手聽
在通往春天的走廊盡頭
她站立，像一面睡在風中的旗

絳色蜜蜂的旗使空氣裡
充滿火藥。而外面，清新的薔薇園
從她肩膀的輪廓消失了
薔薇的骨朵似乎布置了更緊張的氣氛

蜂房，啊嗡嗡鳴叫的陽光
幽閉了少女，煩惱使她如同大地的牛乳
流淌在青春祕密隱藏的地方

這明快和側面的美穿來穿去
與死亡訂立了契約的少女
心中的蜂房代替她把憂鬱傾訴

5

我們對死亡的道理所知不多
正如對事物本身的困難所知甚少
當手握住鳥的影子，手飛翔
而尺度又把手握在它們的手裡

深深陷入失敗，慟哭
一盞鶴腿上的燈帶領石頭飛翔
突入遺忘的領域，是什麼高明的尺度
使我們回到傾聽的興趣？

河中的石頭夢見岸上的石頭
鳥遠離立在水面的月亮
銀灰之夜的美人用美貌驅散了黑暗

蛇與百獸翩翩起舞
大樂師，一邊行走，一邊吹簫
尺度在白晝的空谷落下金色的羽毛

7

從高塔下來就回到大地的子宮
走在街上，我們是最幸福的一對
像人質，來自另一星球
說著夢話，且沒有人注意我們

深處的地椎聳起，塔在升高
那兒彷彿有一顆星向我們滾來
「透明得就像一枚藍色的橙子」
而猛獸退去，你醒來；綠葉窸窣

猶如你整理衣裙。這是人間
隨洪水退去猛獸也已不在了
它們到哪裡去，拋下這廣大的空間？

風鈴依然在野鴿嘴邊輕響
我看著你梳頭，若有所思，倚窗
一座水池向高塔獻出全部影像

9

我曾經棄置不顧的生命在衰亡
朝著廢墟的寧靜赴死，成為廢墟
洗浴在大河兩邊高高的水車下
人們因我年輕而匆匆經過我身旁

這綠色長廊：一家幻想的醫院
倒下的人呢？神醫呢？
我所熟悉的身影一個接一個
從青山沉睡的花朵回到循環的氣流

總有一些臉龐還在
外表浮升，內腹下沉。司芬克斯還在
不完全的象形文字的臉還在繼續

兒童們不在了。愛戀的兒童
額頭的小鏡映現莊重的晚霞
而那更小的，在這最後時辰呼之欲出

18

如果土地淪陷，我們在哪裡駐足？
一個時代有一個時代的鐘聲
護送遷徙的人群盲目離開家園
如果這土地和江河向我們的肉體淪陷

我們親手埋葬了所愛的
少女、家神、眾水掌管的莊稼
曾經像幸福的鐘擺在故鄉的河邊漫遊
現在又能從哪裡找回天真的童年？

身後的滾滾煙塵遮蔽了城市
道路、測量天空的白色圓拱
日出將蒸發我們留下的足跡

家園在前，而鐘聲被永遠放逐了
絕望的眼睛在生長，在淪陷
千家萬戶越過子午線走向荒原

1990/12-1991/3　上海

當黑暗鋪天蓋地

當黑暗鋪天蓋地
我們的節日也已到來
光明正在酒窖裡釀造
我祖國的酒窖天才的腦袋
像悲愴的麥子被成片收割

心啊，銘記著罪惡
守護一爐脆弱的炭火，冬天
流放者的冬天攀上了高高的城堡

有什麼寶藏不能廢棄？
有什麼黑黢黢的刀不能被眼淚洗亮？

看那人群中最軟弱的走在了最前頭
並向宿敵擲出了話語
看那無知的，來到我們中間
帶來了英雄復活的最新消息
原先急於走出愛情門檻的人
終於被說服，轉而
用堅貞的嗓門把愛人歌唱

從流放地重返家園
向飢餓的母親懺悔的兒子

一貧如洗而萬分富有

我們，這些深諳咒語的幽靈

似乎在前進，其實在徘徊

剛走出繈褓，就嚐盡了失敗

而那紙上烏托邦的病人

開始流淚了，焦慮的兄弟們

在盛夏的山頭飛行集會

奢侈的言辭從心裡腐爛下去，自由的奴隸

如同太陽的幻影，憂傷，顫抖

我們移挪進石頭的居室

看見黑暗像黃金的倉庫被打開

兄弟們，快建造一座活火山

一匹慷慨的戰馬，聖徒的手杖

再準備好一副來世的棺柩

這偉大的盛典和業績不要錯過

當黑暗鋪天蓋地

我們的節日也已到來

1991

敬畏者的夜思

不可佔有的詩之戒律
在我的頭頂上懸而未決
劍的寒光逼迫，我如
花蕾旁沉默岩石般奇冷

血液在我胸中轟響
多少俊傑與時光俱去，強弩之末
亂世的頹廢如積雪
詩神猶豫著，囚於三更

沙漏和日晷，可見的景色
置換不可見的現實。規避、灰心
自由的僕人，如今靠著
權勢的施捨維繫生存

個體岌岌可危，下滑以致墜落
我的憂戚似乎早已妥協
看街上風行的死亡
少女最後的回眸，一勾殘月

唯目擊能與強梁均衡
內心的失敗，恐懼之鹽

將我深埋。舊友在寒光下長髮披散

文字的煉金術士獨立於狂想

牢籠邊緣的人揣測它的深處

熬過長夜的人失明於晨光

熱烈的老虎玩著心跳的鏡子

驚魂逃往莫須有之鄉

義士啊，我呼喚你前來幫助

像雪萊那樣把風暴稱頌

給敬畏者以勇氣，給他

未完成的詩章添上一個秤砣

當神靈歸來，雄辯的舌頭說出真理

世人將心悅誠服而不譖妄

唯當那時，我也將順應天命

擲破偶然的骰子贖回啟示的詩篇

1991

長笛吹奏者

──為莫札特逝世二百周年而作

款步走進仲夏之夜，
祕密的指法輕輕召喚
莫札特的亡靈。你，女祭司
來把昏昏欲睡的聽眾搖醒。

音樂的柱子撐起拱頂，
蠟燭在你體內講述黑暗。
你年輕的呼吸
比精心策劃的理智純潔。

不要停下！激情迫使你
將氣息不間斷地吹入金屬的器官。
在那死亡被延緩的時刻，
我們只顧傾聽和追憶。

1991.5.21

巴黎

保羅・策蘭在塞納河

這是不可避免的失語：一個人，在外邦。啊！「冬天使我們溫暖。」這不是不可能的仰視：一個人死後漂過塞納河。

保羅・策蘭暢飲塞納，越喝越渴。他喝著黑暗，從局部到全部的黑暗；他喝掉最後一個詞的詞根。

最純潔的最先赴死。放棄抵抗——你，光榮的逃兵，拋棄了集中營、早年、滑稽的納粹；你也盡數把恥辱還給了猶太人，讓他們繼續流浪，挨打，尋求著拯救。

漂啊，從塞納到約旦，從巴黎到耶路撒冷。保羅・策蘭用眼睛喝，用他自己發明的喝法喝，一個人暢飲著來自天國和地獄的兩條河。

他的眼睛睜開在我們的眼睛裡。他說：「當上帝叫我喝時。」

1992

塗鴉

　　烏鴉是最大的塗鴉者，穿在本地青年身上。這
些化裝的鳥類，要襲擊一座城。

　　但他們不過是做夢罷了，道德的白想粉刷世界
的黑！這些石頭、半成品，倒在通往美術館的途
中，還需要在無菌儀器裡居住一段時間，需要刻刀
和重錘，最後，再用混沌請回遺棄它們的人。

　　眼睛鼻子嘴巴，拉丁短語和噴槍。地鐵在巴士
底越出地面，帶著滿身洗不去的符號和圖案──電
的嘔吐物，美而有毒的蝴蝶。

　　而遠方，在中央監獄的中心，環繞圓形花壇往
前走，囚徒們都有漂亮的紋身，他們邊放風邊設計
著一條方案。

　　下一個目標：將看守塗抹成醉漢。

1992

野蠻人自畫像

不過我剛剛踏上你的領土——

——勞倫斯‧斯特恩

我站在聖竿下面
因此我看不見大天使

一個波蘭人在手鋸上奏出音樂
塞納河流逝掉祕密的好時光

風格一分一秒地犧牲
銅馬、鐵橋、騎在激情之上的

蓬亂頭髮。內心一滴血
把我向虛無的星空放逐

哦，掌聲在古劇場迴盪
哦，不丹的神靈帶上了面具

我來自一片黑夜的廢墟
我要為一切悲慟的心靈祈禱

這個長著一隻角的怪物

在歐洲的視線裡還未生養下來

1992

馬科斯・恩斯特

他教會人們對付恐怖的知識
一個發電站在鳥腹中發電
夜大放光明

十萬隻鳥把黑暗攔在警戒線外
植物的婚禮越來越隆重
而人類沒有被邀請
人類在羞恥的睡眠裡過河

1992

蒙巴那斯的模特兒

一件看不見的東西有多重？
比如眼球上一個細孔的疲倦

海突然想穿過一條魚
看一看那邊是什麼水域

在被畫出來以前
魚變成孔雀石以前

黑暗沉睡於比子宮更窄的空間
造物者的手掌也難在裡面飛翔

模子自己醒來，向大地俯衝
有如成熟的梨從梨莖上脫落

就在這裡持續著，憑弔著眼淚
但沒有隱衷，也沒有哀怨

從睫毛開始的大火如此駭人
連一粒雀斑也不剩下

她會不會找回滿頭烏髮？
像箜篌在郊外墓穴裡鳴響

冰山會不會停止移動？感官
會不會在寧靜的夜晚從牆上飛走？

一株昔日櫻桃樹等在花園裡
當蜜蜂吮吸肖像上她金色的陰影

1992

弱音區

動物夢境的郊區無人管轄
只有天空一個鄰居。雪壓屋頂。

電線杆，麻雀線上的生活，
以五十音步的節奏彈撥二月。

一切來得正是時候，
好天氣在壞天氣裡休止。

一封寄自故鄉的信三次把我叫醒，
黑沙在途中繼續把它書寫。

被罰的奴隸請進門烤一烤手，
天空沒有你也會有別人支撐。

1992

地毯

在它的邊緣我害怕地伸出腳
但一個天使正走過屋頂
前往德爾菲

我想到我的腳會像火柴一樣
被五十塊鋅板劃亮
我要走向一個玻璃櫃裡的小孩

女解說員的胸脯牢牢地把觀眾
吸引到周圍。處女母親
她正被推向霧中的祭台

有一秒鐘，我幾乎看見
天使從屋頂跌落下來
拖著蝙蝠的翅膀滑過大廳

但那一秒鐘並不存在
我在宛如刑具的藝術品的一個面上
把自己像一束稻草懸掛起來

我的腳啊──波斯圖案

從它下面飛走──將獨自跨過

世紀坡度和地球的暗綠色瞳孔

而把事物留在繼續下去的

狀態中，我的軀殼在我

沉默的驚恐裡放了一把火

它也許會趕上那個天使，追問他

從反向去德爾菲，是否

必經一塊燃燒的地毯？

1992

年輕詩人短暫的一生

這句話試圖充當放在他棺柩上的
一枝玫瑰。他的一生
被組織進一句話中。

他的生命在月光下解體，
現在他是上弦月。
他的不在有一個光輝隱去的弧形，

有一個留給世界的謎。
像白天藏起了黑夜，
他藏起自己完整的死亡。

那是他的假期，他有回來的自由，
向我們講述異鄉的見聞，
用我們熟悉的聲音和形象。

但已經不那麼熟悉，
聲音不再是夜鶯的聲音，
形象也不再是吉他的形象。

他的面容將毀壞得更澈底，
從粗糙的岩石得到一個比喻，
永不再提起早先那位厭世者。

他回來，為了一句想說出他的話，
為了給新的競技打分，
從我們身上掙脫，進入循環。

1992.12.21

正午的邂逅

在嗆人的陽光裡停下腳步
突然，一個飛人落在山毛櫸樹上
悠然自得的平衡術被大海的磁場攪亂
——我是他冒險記錄的偶然見證

島嶼，這些在時光中浣洗的
白晝的星辰，正午的漫遊者
猶如閃光的額頭沉思著一步棋
沙蘭特河用多棱鏡照著它們

或許他就是那棵想飛的山毛櫸樹的
一個夢，通過枝葉的搖籃回到大地
如果他曾經綻開也是在天空中
畢竟那降落傘是用幻象織成

看他身輕如燕地走向海濱大道
彷彿已從教訓中脫胎換骨
那裡一個少女正仰臉把他迎接
她的花園像蕁麻陰影裡的羅盤

「請問這個村莊叫什麼名字？」
「永恆的惡魔之夜」

「這麼說我誤入了水妖的王國？」
「是的，我們等你來已等白了頭」

隔著籬牆你一言我一語
海上的風暴在邂逅者頭頂悄然聚集

1993

三十五歲自題小像

眉宇間透出白日夢者的柔和，
折射內心微妙的光束，
平靜的目光落向一個地點。
顴骨略高，但鼻樑正直，
面頰的陰影燃燒著南方人的熱情。

眼睛裡有迷戀，也有疑問，
因見識過苦難而常含寬恕，
在美的面前，喜歡微微眯起。
額頭不曾向權勢低垂，
嘴角的線條隨時願意與人和解。

生命之樹茂盛，秋天已臨近，
風將把鄉愁吹成落葉。
這張臉貼在手掌上能感覺它自己，
從鏡中看著我時卻變得陌生；
這張嘴化為塵土以前將把詩句沉吟。

1994.1

臨近

酒的鄉愁。一首歌。無所事事煩悶的回憶。是什麼隔離了我與遙遠？驀然回首中漂浮的是歸鄉之路的幻影嗎？鶴，飛越虛空的冰。

如果故園不野蠻，異鄉不會有更多漫遊者。但我們不知道天氣的陰晦原本來自萬古愁的遺傳。過去即未來。我們種姓象徵中的巨龍在貪欲喧囂聲中被更大的貪欲所馴服。麒麟的獨角、鳳凰的美冠早已隨崩潰的禮樂灰飛煙滅了。世界貧血地突現在它那火山與洪水的雙重影像中，廢墟裸露末日之美。

詩人，將你遭放逐的聲音注入遺忘的顱腔，既不太遲，也不太早。「解放」是對被縛者最原始的祝福。除非用酒溫暖骨頭，我們以淚水為糧食的日子還嫌不夠悠長？酒跳出鶴的機艙，為我們打開落向無地的降落傘。

懸而未決從日子那邊向我們臨近了，星空與恐懼臨近了。我在一個停頓與下一個停頓之間，如被光芒扔在遺忘之河上的浮標。遠離，克制，活著就是與死亡對飲。

1994

棄婦詩

天窗透進晚霞，柔光刺痛她的雙乳。
異地的她，跪著舔食花瓣，
哭泣著想到愛情。

縐襪和書散亂，花瓶是一隻色相的老虎。
她隱忍著，因需要瘋狂而隱忍，
因太多溫柔而尖叫。

翩翩花傘的林蔭道，丁香的朦朧氣味，
連同雨中的散步，都已死去，
在心中某個遙遠故國的角落。

倚著，不能專心讀書。為什麼總是
從鏡中看見：門打開，他走進來，
貪婪地嗅聞她的亂髮？

驚訝於一種相似，一種燈蛾的命運，
冷宮的激情。妒忌的她想要吃烏鴉，
或者去火山口騎馬。

寂靜熾燃著鬼魅的燭焰，今夜將無人
寵幸閣樓。穿上香煙紗旗袍，
裝扮得像一個藝妓，她走下樓梯。

1995

走下蒙馬特

霧像一場熱病。披著霓虹燈踉蹌而行
的醉漢，抱住電線杆傾吐衷曲，
彷彿抱著一位天使。
我走下灰色的高地蒙馬特。

紅磨坊的大風車在巴黎上空傾斜，
啤酒杯溢出泡沫。夜的邊緣，
一隻貓夢見了達利式超現實繪畫：
月亮嗅著侍者盤中澆上香脂的草莓。

狂歡的、必死的肉體搖擺。
薩克斯旋風與塔蘭泰拉姐妹，
中魔的水晶鞋旋轉不停。
那邊，電話亭裡，一個女人在嘶喊。

告別了一次異鄉人的感傷聚會，
我要睡覺！讓酒這個綠色幽人陪我結束
遊蕩的一夜，大汗淋漓的一夜。
我走下灰色的高地蒙馬特。

告訴我，垃圾中翻撿的老人，
在哪條街，哪個流光溢彩的路口旁，

我又看見了你，波德賴爾詩中的人物，
你空洞的一瞥能把世界毀滅？

1995.11.29

無
眠

住在街對面的無眠的人
如果你為一段往事輾轉反側
如果你恰巧也是一個異鄉人
為今夜的無端不寧所攪擾
如果你聽著海風——海很遙遠
想像月光——月已落下
你熟悉的一切：家人，友情，地址
回憶中令人心旌搖盪的時刻
向你不辭而別。世界背叛了你
如一個不忠實的情人
因朝夕相處而充滿你氣息的
每一件小物，也都轉過身去
甚至你自己也成了黑暗的同謀
正柔腸寸斷地把你擰絞
你聽著心跳——血在流動
觀看手足——完好無損
如果你抬頭望見了那顆星
一顆晨星，多麼美麗，她在跳動
而很快她也會消逝
那麼此時，請大大地打開視窗吧
這樣我就能看見你並且祝福你

1996.7

接近：兩隻土撥鼠

一首詩加另一首詩是我的伎倆
　　　　　　——翟永明

落日瑟瑟的響動甚至不使它們驚恐，
刨著草根，沒有悲愁侵入心臟，
沒有終極的壓迫。

你，土撥鼠眼中的怪客，
長出了小丑的犄角，
跌倒時，似井中的泰勒斯，
頭上響起色雷斯姑娘的爆笑。

積雪在最後的高坡上，
供養著短暫的夏季。
它們的眼睛在小土丘後面升起，
逍遙，熱烈，領受一切，
嚼著草根，從洞到洞，
沒有流浪的必要。

海拔之上是宇宙的寂靜，
巨人族的夸父來了，
丈量落日與死亡的距離。

當谷底燃起萬家燈火，土撥鼠不為所動，
意念專注於草根，直到甘甜湧出。

1996

火車站哀歌

指針攀越工業長虹的夜半，
月台上，月光的水銀蠕動，
霜和玻璃撐起模糊不清的巨大拱頂；
遠方暈眩如一聲嘶喊，
嘶喊著一枚硬果——酸澀，難以品嚐。
車廂的盡頭是另一節車廂，
夜的那邊還是夜，無數的夜。
我怎樣從磁鐵的星群認出一位天使？
你圖賓根，你斯圖加特，
告訴我，浪子在你的土地上有過多少？
不堪收拾的精神荒原，
起初結伴而行，接著零落，沉淪，
迅疾而突然地又相會於冥府。
我所到的地方沒有天堂，
活著的人都在向死亡借貸。
又起風了，什麼在墜落？
空曠的候車室裡，行李笨重，哈欠連連，
一對假想戀人在表演接吻。

1996

飛蛾的行動

燈下獨坐，面對紙的空白，
就像一個失去記憶的人面對鋼琴，
不知如何彈奏，苦惱於尚未出現的曲調，
又沉醉於那個曲調，整夜
被朦朧的預感所控制。
外面，某種聲音敲打窗子，
要求進來。一隻，兩隻，三隻
　　　　　　　飛蛾撞擊著，猛烈而急迫，
像風暴中雪花的運動，
像進入大氣層後流星的最後行旅。
火的不速之客，自毀的一族，
做著死亡練習——意念之死亡。
但飛蛾與燈焰之間的玻璃似乎更為強大，
冷漠，透明，幽光閃爍，
像意志中的殘忍看守著虛無
　　　　　　　和距離的冰川。
一陣風打開了窗子——
　　　　猝不及防，飛蛾把自己加入燈焰，
　　　　用全部的力量加入燈焰，
　　　　突然，準確，一次就實現。燈光
放大的瞬間，影子在牆上顫抖不已。

1997.7

扛著兒子登山

我們的皮膚是群山和空氣的朋友，
我們的嗅覺是一隻羚羊的朋友——
在一棵小橡樹上它留下氣味。

我們坐下休息，村莊看不見了，
隱居者的房子靜悄悄的。
雪線那邊，裂縫中有一副死鳥的細骨架。

方型煙囪，藍色的窗子，
一小片菜地是甲殼蟲和蜜蜂的家園，
人在粗糙的土牆上留下掌模。

我們走向湖區，群山也一樣，
隨著太陽的升高群山變得更高了，
光圈像一只只輪子，在葉子上滾動。

超級的水晶傾瀉而下。濃雲的色彩
攪入轟鳴的瀑布的色彩。
我們向著洞穴發出野獸的吼叫。

1997.8

城牆與落日

──給朱朱

在自己的土地上漫遊是多麼不同，
不必為了知識而考古。你和我
走在城牆下。東郊，一間涼亭，
幾隻鳥，分享了這個重逢的下午。

軒廊外的塔，懷抱筌筷的女人，
秦淮河的泊船隱入六朝的浮華。
從九十九間半房的一個視窗，
太陽的火焰蒼白地駛過。

微雨，行人，我注視泥濘的街，
自行車流上空有燕子宛轉的口技，
霧的紅馬輕踏屋頂的藍瓦，
我沉吟用紫金命名了一座山的人。

湖，倒影波動的形態難以描述，
詩歌一樣赤裸，接近於零。
對面的事物互為鏡子，交談的飲者，
伸手觸摸的是滾燙的山河。

我用全部的感官呼吸二月，
我品嚐南京就像品嚐一枚橘子。

回來，風吹衣裳，在日暮的城牆下，
快步走向一樹新雨的梅花。

1997

途中速寫

1

在曼海姆，我走出火車站。午夜的星空
燃燒著蒼白的火，音樂泄出視窗。

高高的梧桐樹，黑黢的塔樓，
厚重的窗簾後面人影綽約。

沒有伴侶，沒有投宿之地，
絕望的時刻！錯過的猶閃爍在遠方。

野兔竄向小樹林，落葉陳腐的歎息
與沾滿露水的雙足彼此安慰。

夜總會已收場，城邊的最後一盞街燈熄了。
一個扛著鐵鏟的人走向公墓的門。

遊蕩了一夜，在這陌生的城市。現在
晨曦催我入睡，空空的車廂裡我感覺溫暖。

2

沿著鐵軌，那個背負行囊的徒步者
跳起舞蹈。山鷸在叫。

這歐洲腹地的邊境小站，
像一粒豌豆夾在千秋雪中。

本地人坐在窗簾後喝茶，不為任何遠方所動；
那人停下，向太陽借個火，又繼續走。

阿爾及利亞人全家被帶往關卡，
一隻貓盯著女孩手裡晃動的布熊。

欄杆上靠著滑雪板：
為黑色暈眩準備的小憩。

四環皆山，湖畔投來林仙的一瞥。
我有避邪咒，急急如律令。

走出車廂，房屋像超薄的瓷器，
滑翔機的陰影越過榆樹籬。

漂泊狀態的隱喻

十二座一模一樣的橋上，
沒有哪一座不是車水馬龍。

晚鐘震響，眾鳥斂跡，
尖頂隱入灰暗的天空。

目光茫然，風中最後的樹葉
顫抖著，不知落向何處。

強烈感覺到分裂的自我，
彷彿十二座橋上都站著你。

聽著風中的讚美詩，
置身於一片熊熊火海。

那時大雪的傘兵還在集結，
靈魂的飛蛾已劈開教堂的燭焰，

熾然超升，成為空氣與黑暗。
風在橋上哭喊。那是誰的靈魂？

成為你自己，而不是別人的靈魂，
星星一樣寒冷，孤獨。

在車輛的塵囂和肉體的慶典中，
成為河流，帶走無言的哀愁。

塔上的聖人又怎樣了呢？
空空的眼睛望入宇宙。

他腳邊的怪獸那耷拉下的翅膀，
遮住了瞬間的天堂和地獄。

漂泊的雪覆蓋漂泊者的大地，
樹的疤痕，你自我的印跡，多麼刺目。

1997

在嘎呐克人的部落裡

1

瑰麗的彩船，舌蕾的顫音，
濕漉漉舉起的槳葉。船啊

蕩起來，划過寬大的雲影，
切開渾然一體的熱量。

這個披髮文身，餐風飲露的人，
就這樣告別村莊，獨自前行，

緩緩漫遊在遼闊的水面，
無拘無束的碧綠的家園，

吆喝召喚紅冠翠羽的水鳥，
一圈一圈飛掠過船頭。

2

藍色的呢喃，水重複的水，
配合他時俯時仰的動作。

日子單調，但肌腱的節奏
說出從不使人厭倦的話語。

在船上他才是他自己，臉龐從
沁涼的水花感覺到自己：

「多麼神祕，我和船，
漂浮中度過了無數的世代，

死亡一樣遙不可及，
生活一樣真切而沉重。」

3

鐵皮屋頂下的種族，鼻環閃亮，
太陽與公雞的血混合。

默然而立，手持漁叉和梭子；
嬰兒在舂米的女人背上睡去。

方言的巫術把他們聚集，
無名的神使他們敬畏，

擁有無垠的海洋，
又被層層水域困在門前。

從船上回望屋柱上的雕像，
他憂鬱的笑猶如青銅。

4

未雨綢繆，曠野移動一襲斗篷，
藍色的螞蟻搬運著小木棍。

那個自我放逐的旅者是我，
站在反光的、漸暗的錫山下，

看摘木瓜的少女，涉過無名河，
頭髮濕漉漉地到樹林裡去。

飲水的鹿緩慢轉身，
逡巡著，從原路返回。

我的腳陷在灼熱的沙裡，
霧中斷了我含鹽的遠眺。

5

黑曜岩筋脈，黑曜岩汗腺，
星星閃耀，比一切禁忌還要古老。

羽飾、面具、血的塗抹，
火雕塑的舞蹈赤足裸胸。

婚禮冗長，而海慢了下來。
在威嚴的長老中間，新娘蛻變成

一粒黑豆，躺進豆莢。男人們
叫喊著，標槍一齊投入洞穴。

因此我再次俯視那幾個頭骨，
它們有裂縫，不同於聖像。

6

蒼蠅嗡嗡的小店前的沙灘上，
一隻棕色狗追逐一條飛魚。

遠離中心之地，鑲著孤寂白邊，
老人用草帽拍落火山灰。

在非人的海底競技場的近處，
環形珊瑚牆這邊，人煙稀薄，

短暫的戲劇，惟一的背景，
泡沫的合唱隊無始無終。

飛魚騰空，水打濕狗的鼻子，
這照面之後，狗繼續狗的流浪。

7

他把她帶到小樹林中，
將葫蘆裡的水灑在她額上。

他碰她的手指、耳垂、脖頸；
她注視著他，退讓著，並且顫抖。

軀體起伏，在手的配合下，
目光迷離飄入蒼穹的極處。

風主持兩個軀體的祕儀，
從碰翻的葫蘆裡，水汩汩傾出。

他在她身邊躺下，聆聽
體內那隻靜息的野獸。

8

他說：「你們的詞語破碎，支吾，
從未到達創造的渾然一體，

大海的精確；從未像一條船，
堅定地滑行，平衡律動。

你們屈服於自身的狂暴，又著迷於
魔鬼的食人蟹或上帝的獨角鯨。

說出的話隨波遠逝，
像拋在空中的錢幣一樣無根。

看哪，漁夫卻輕鬆地把腳站穩，
網中的魚也不曾食言。」

9

惟有渴望變化的心靈能覺察
風暴來臨前虛偽的寧靜。

低平的海水閃閃爍爍，
甲板散發乾魚的香味兒。

突然，風箏飛走了，吊桶打翻，
樹林拔起，船桅嘎嘎折斷；

海妖潑出邪術的黃湯，
雷神發狂欲毀滅村莊。

風中一切都是混亂，哭喊，咒罵，
房子像奴隸被閃電狠狠鞭打。

10

海灣傳來木板空洞的聲音，
泥巴少年在沙上踢足球。

十幾個男人敲敲打打，
十幾個諾亞，一條破船。

關於災難，應該怎樣預想？
當天空蔚藍，水從根部湧向樹冠。

木板的聲音和吭唷的調子中
難道沒有啟示的力量？

酋長裹在一匹長布裡，從遠處走來，
足球突然飛向那寓言的方舟。

11

傍晚，頭插胡姬花的主婦烤著木薯，
我闔起《理想國》。廚房外面，

雲杉的葉子令傷心人流淚，
我辨認著某人留在沙上的字跡。

巨輪追隨太陽航過子午線，
從大言之山到蒙昧之谷。

如果想像之善不能被想像，
地球是什麼？圓型的水晶囚室？

海妖，據說總把人誘向那邊，
誤以為此地已不適合於居住。

12

他在月亮下撒網，打著手勢，
作為回答，魚游入網中。這就是

古老的獻祭，但人們談論邏輯
更超過謳歌神靈。大海即月光。

生於那片渾沌，手持因果的漁網，
不知道萬物都是那張網的一部分，

這無知的人，回家以前拍打著
困惑的水波，發現自己

從未對腳掌這樣入迷。
它又紅又寬，彷彿生來如此。

新加坡——布宜諾斯艾利斯

告訴雲彩

一個個尖頂刺入天穹，一排排浪翻滾，
輪輻和磁鍼都不會停止，欲望也不會。
我們活在世間，拋開苦難不談，
走在街上，大步流星，依然先前模樣。
梅花看過了蟋蟀歌聲又起，
月光浣洗金棕櫚的綢衣，和我們
神聖夏夜的歡愛，燕子傾斜，
有點嬌慵的人兒多嫵媚。
詩人下地獄，與亡魂交朋友，
而市儈們抹著嘴唇，站成一圈，
擁著蜂腰或蛇腰進出轉門。

現在你看，西天那一彤紅的雲彩，
幻美，燦爛，點燃了銀行大廈的玻璃，
也把綠光的圓弧鑲入松鼠的眼睛。
我為何不能讚美這哀傷的天使，
這迴光之海的驚心動魄，
這可見的移動的樂園，奇蹟人生
短暫的萬花筒？我為何要去想，
我有多孤獨，多厭煩，多絕望，
像那些入夜以前將客死他鄉的人，

像哈姆雷特？就這樣告訴漫溢的雲彩，
說我們已來到陽台，且啜飲又觀望。

1998.10

採擷者之詩

1

用山鷯的方言呼喚著跑出房子
藍漿果裡的聲音我還能聽見
雷達站，木輪車，童年的山岡
整個夏天我們都在尋找
坡地開闊而平緩，死者的甕
半埋著。荒涼的詞，彷彿塗上了蜜
我們的樂園向南傾斜，金絲雀飛來飛去
那時還沒有特洛伊，我們總是躺著眺望
村莊，水杉高大，像山海經中的
有外鄉來的築路工留下的斧痕
「他闖禍，必不得其死」，老人們說
而我們笑，躲在咒語中搖晃鏡子

冬天撥著火炭，夏天就去後山
採擷，坐在樹上等待父親
廊橋消失了，彷彿被突降的暴雨捲走
這是既沒有開始也沒有結束的地方
人們只是繞著那幾棵水杉樹走
在曆法中生活。狐狸尖叫，大霧
追著我們跑。長途車從海邊爬上來

沒有父親，我們踢著小石子回家
夜裡我夢遺了。喲，大捧的漿果

記得嗎？那兩個發亮的音節，
把我們變成藍鬼。甚至風也變藍了
野孩子唱道：「雷達兵，天上的雷達兵」
直到中秋的月亮升起，木輪車滑下去
漿果碎了，像傷口流出的血，彷彿為了
讓我日後的手稿點染上那種藍

2

蒙德格伊街。兒子驚呼：「Myrtille」
新上市的漿果擺在貨架上。戀人抱吻
曬成棕色的皮膚散發著海藻的氣味
假期已結束。地中海留給了墓園守望人
我們避開沙灘營帳，為獸跡所吸引
迷失於山毛櫸林中。我想去觸摸
高地上的賽壬石，最終表明
那衝動是虛妄的，她或許死於雪崩
像樹上的娃娃魚。而傳說活在舌尖

我們都喜歡這南部山區的夏季
村道垂直在門前，花蔭遮住窗台
去湖邊散步的人回來了
拿著新採的野菊。群峰漸次明亮
畜水池含情脈脈，屋頂更柔和
倒影中的停雲像洗衣婦回眸的樣子
對山，牛鈴丁丁。兒子蹲在灌木叢中
四歲之夏，不知道中文名字的來由
他吃Myrtille這個詞，抬頭看見
滑翔機像風箏，輕輕越過瀑布

我的頭暈症消失了，字典帶來
新的苦惱。我們元素中的土生長著
同樣的植物，那些枝條本是為了
紀念死者。當我們帶回的自製果漿
早餐時塗上鄉村麵包，我將用什麼解釋
烏飯與寒食，以及喪失的祭天之禮？
一種凝聚的寂靜深入到這裡
柔軟、微熱的泥土，款待著我
今天我們又去登山，但選擇了另一條路

比利牛斯夜車

接骨木花在巨大而幽暗的山谷甜蜜地沉睡，
峭岩升起，瀑布無聲跌落。
月亮附近山毛櫸樹上的貓頭鷹
飛入芳香四溢的田野。

小男孩睡著了。
我的臥鋪下面，年輕的母親
低聲哼唱著一支催眠曲。

來自山那邊的礦物學家，黝黑的吉他手，
還有你，大地上永恆的浪子，
也靜靜睡吧。

帶著遠方溪澗裡卵石的純潔，
月光中微微撲動的羽翼的幸福。

1998.8

畫家和模特兒（選二）

2

她的世界難以理解，
色彩不能表達她的全部。

因為她不是那個擺著姿勢的女人，
裸露自己，為了給人看。

她容忍他，反抗他，渴望掙脫畫框的
限定，獨自遠遠地離開，到達

沒有目光審視的地方。
那裡她可以自由自在，

不必憂愁或假裝成快樂，
為了肉體中不斷變質的美，

為了死亡的催促和愛情的消逝，
淚流滿面地撕扯自己的頭髮。

那裡她做著永恆的白日夢，
像豐收的月亮般流著乳汁。

她與大自然合二為一，
獨立於時間和地點，楚楚動人。

3

在支起的畫架那邊，他不慌不忙，
調勻顏料，畫畫時他是一隻野獸，
移動著，完全停止了思想。

日復一日他枯燥地塗鴉，
當別人忙於在社交場賣弄風情，
他卻在野外度過了整個青年時代。

他寫道：「畫家與土地測量員之間
有一種類似。腳趾必須踢到石頭，
才能看清地球的面目。」

漫遊過巴黎和佛羅倫斯，他回來，
著手一次原地旅行的計畫——
讓美成為值得信賴的家園。

從此他把日常生活搬上畫布，
他建造了一座聖殿來安頓靈魂，
其中顯現神祕姐妹的形象。

「從一個水晶的斜面到完美的球體，
穿插跳躍著無終止的旋律線。
因此我獻上的僅是一段插曲。」

曼德爾斯塔姆之死

如果他終得以平靜自然地死去，
帶著沒有痛苦的單純神祕，
讓未來的人們不因悲憤而控訴，
而只留連於他詩篇的幻美；
如果加害於他的人不曾搶先一步，
無論以何種巧妙的方式
奪走他黃金的歌喉，
那麼，寫這首詩的手將不會顫抖。
不！他的死被草率地宣佈，
經過改頭換面的措辭，
半個世紀以後依然投下陰影，
證實了（如布羅茨基所說）
萬有引力的法則──一個黑洞，
全部的人性都將被吸入，
一個人就這樣在太陽下失蹤。
這並不難，有時間，有地點，
有一部由巨人操作的機器，
縱使鋼鐵的肋骨也要被勒彎。
讓我們記住這可怕的凶年，
在詩人寄居的星球，轟轟烈烈的
時代的馬蜂窩已經滾沸，
暴君的拳頭迸出火星

各地，新的逃亡又開始了。
而這裡，天涯的符拉迪沃斯托克，
寇里瑪半島附近的一座集中營，
人們關上了門，把他留在床上。
一切正在離他遠去，
連疼痛也很快要拋棄他，
悲傷不再能抓住他的左心房。
一個被逐者，在帝國版圖的
邊緣，獨自去承擔最乖戾的命運，
伸出手觸摸想像中的山河，
懷著百感交集的依依不捨。
這個生前沒有寸土的人，
死後將得到
　　　　　整個大地的款待。
有什麼遺憾？死，已不是什麼意外，
現在你竟變得如此親切，索命者啊！
高高的，他的星座在上空俯瞰這一切，
把最後的火焰吐進他體內，
溫暖他凍得麻木的靈魂。
只要一息尚存，他的全部生命
仍將歌唱燃燒的、盛大的星空，
像往昔那樣，像一隻燕子，

在飛翔的加速度中歌唱。

這星空在1938年的某個冬夜，

朦朧如最後審判的一夜。

淡淡的光，萬古不變的光，

垂向莫斯科的一個視窗。

裡面一個女人已經睡著，

她臉上的淚水還沒有乾。

桌上，一封未寄出的信用小楷字

密密麻麻地寫滿了絕望的愛情：

「是我，娜佳。你在哪兒？永別了！」

1998.3

十年之約——給查建渝

糜爛，時髦，謠言四起
像波浪拍打城市的堤岸。這裡那裡
簇擁著最溫良、最膽小的市民
當地點丙多了些神祕的讀報人
那種胃腸不適，我們已經習慣
於是扮演電影中的地下黨
低頭坐進計程車中

去機場的道路筆直寬敞
意識到那也是通往動物園的方向
我中途下車，而你繼續
佯裝去看一隻老虎
機翼掠過時舉起手臂向你祝福
讀報人又在地點乙出現
幹得同我們一樣漂亮

穿過記憶和憂傷的大海
現在，我們從不同的時差回來
老虎仍在動物園裡走動
只是更加嗜睡，且有點老了
街上，人群湧向日暮的外灘

我習慣性地注意到，一張臉

在移動的報紙後面，臨近地點甲

1999

輯三　新加坡──布宜諾斯艾利斯／129

天花板之歌
──給劍平，嘉文

隔離地帶，秋風緊了
動物園的腐臭氣息在加劇
同一顆月亮下面你們找不到
昔日的夥伴，說：他已遠行
於是你們悄悄做好了準備──
去那白茅生長的山嶺

黃昏的池塘有著停屍房的沉寂
從鐵門進來一個模具般的頭顱
我沉默的每一個毛孔都知道
晚餐前將有更多的失蹤者
活著，但加入了幽靈的行列
願你們的新居寬敞舒適
鮮花把嬌兒逗得笑聲咯咯
有一張椅子總是為我而空著
空著，所以變成了未來的允諾

每天我都像一個天花板上的宿客
低吟著將死的蒼蠅的輓歌
厚厚的牆壁那邊，有人敲出一串
沉悶的暗號──用這種方式
我問候你們。書已收到

加點的詞語串起了散逸的念珠：

麗娃河上六月的夾竹桃

閩江歸客

1

打開腥膻的鳥籠，夏天！
從馬尾到福州，翻飛著
鷺與鷴。更瘦的池塘
魚不動，聽著鳴蟬
花昏昏欲睡。你到底是誰
出現在陽台？山色如黛
我不認識你因此你就是
你看見的風景的一部分

2

少年將自己投入水中
事物之鏡破碎，他划動手足
像在母體中那樣
開端的浮沉把命運之重
交給流水，滔滔的逝水
我是他，但已然不是
逃過了姑母的監視
奮力游向危險的對岸。

3

江邊酒店，我一人獨酌
閩西老酒，注視一枚鯉
我發現，那小小形體玲瓏如玉
像一個秀色可餐的蛟女
突然幻化並坐在對面
說她願委身於一個陌生人的
思鄉夢。執箸之際
我依稀聽見海上的歌聲

4

燦爛之極，內部的水晶
誰能說出石榴的祕密？
技藝源於匠心千重
宛如繁星密佈夜空
人癡問，石榴怎樣完成自身
抽象自身，花衣又脫在何方？
且慢觸及，且相互看
我和你，偶然中的偶然

5

除了我們所在的世界，沒有
第二個世界，如此詭譎
燈籠掛著一個朦朧之夜
門內，精巧的提線傀儡
讓我們猜謎，夜的後面
是什麼握著不可見？
一如雨絲將雨絲牽連
迷宮通向又一個迷宮

6

風暴的琴聲位於倉山頂
你呀你，風暴的原因
當你彈琴，至少有一個人愛聽
如果我不曾向螢火蟲問路
如果狐狸不曾眺望江渚
如果錯過的僅僅是錯過
你芳名的音節不是這一種
一切本來會多麼不同

7

相濡以沫的芸芸眾生
風雨飄搖中短暫的避難所：
衣錦坊、鳳凰池、舊米倉
一個地址銘刻一種感傷
借枝築巢，恍惚不在場
斗轉星移是什麼推動？
九重葛花，九重葛花
向上的一點綠叫醒天空

8

詩，拾起被遺漏的關鍵
——鑰匙、早年、痛的經驗
屬於內心隱祕的東西
永不令人失望的東西
詩和你，我想像的兩翼
霧中津渡，兩股對流的空氣
世界在我的眼睛裡睜開
靈魂出竅，飛越我自己

9

譬如雨之於霏霏，傘
這個詞摹擬了傘的形狀
必得以在你頭頂撐開
遮護才掌握在你手中
鬖鬟之鏡才會假借
月亮的盈缺來解釋內心：
為什麼相同的事物
都分裂成相反的兩半？

10

上游的水手駕御輕舟
一閃而過，貓頭鷹隔岸觀火
出土的塤篪聲聲如鬼哭
那邊，搖滾樂酒吧內
槌杆的快馬緊鑼密鼓
狂暴時代，懷著宿疾
喝酒的人嘔吐出頹廢
誰頻頻投擲，柔軟的利器？

11

回家就是回到又一年
夢中夢，不可能的可能
就是爬樹，翹課或者吹笛
方言鳥鳴，木屐留跡
寺鐘響過黃昏的長街
心愛的燕子在我臉上傾斜
回家就是回到昨天
我等待你驀然重現

12

星光漏盡，人起身辭別
看曙色壓低滿潮江水
汽笛拉響白塔與黑塔
悠悠的乾坤循環不已
白晝的後面又會有夜
這最近的分離已經是死亡
我回過頭去看你
但那裡只有空空如也

1999

外灘之吻

1

外白渡橋上，你髮梢的風
陽光細碎，你看著來來往往的船隻
黑披肩裹得更緊了。我熟悉
模糊的，一閃而過的臉
汽笛，據說純屬於感傷的發明
短促的，像冬天的咳嗽。我們
說著話，很慢，先是你，然後是我
我想起大學時代，從黃昏開始
戀人們就倚著江堤接吻
穿過樹的密語，瑟瑟響，瑟瑟響
而在城南那些特殊的夜晚
一個人因為失去名字
發現自己原本是另一個人
他躺著，躺在那遠去的、煙囪噴出的
聲音上面，凍得蜷成一團

2

記得嗎？從花店出來我吻了你
我們終於沒去找那條街

而是又回到外灘，這樣很好
重新開始那未完成的，剛才我說什麼啦？
光的印象。是的，鑰匙的光
水缸內壁上那種搖盪的光
閉起眼睛感覺到被緩緩推向前
原諒我用過那個腥膻的比喻
蒼蠅，吊死鬼的天花板
門突然大開，燦爛使人
睜不開眼睛，太陽，渦伏的
我想把它夠著，它搖晃著
咣的一聲，被沉重的板隔開了
軀體像木刻，頹然倒下
手只好貼著牆，就這樣用手聽著外面。

3

這張照片上的人像我
蹲坐著，隨處可見的，勞者的姿勢
車身翹起，車柄觸著地面
Hurry，Hurry，他已耳熟能詳
背、毛巾、小腿的彈簧，還有心跳
我們聽不見的，經常被略過了

令人難堪的本土特色，對不？
惟有他的目光是捕捉不住的
天氣很好，在敞篷的黃包車前
他看向這邊，筷子和碗
比能說出的更多。時間魔術
還會從懷舊的帽子裡拉出什麼？
吊襪帶、短而寬的袖子、白手套
噴香的紙扇，從橋上跑下來
在拐角穩住車。優雅的
二郎腿小姐欠起身，遞過一個施捨
揮揮手，打發了一段行程
總感覺那種目光沒有死
圍攏而來，麻木的，像沉默的深井

4

我們沿著江邊走。人群，灰色的
人群，江上的霧是紅色的
飄來鐵銹的氣味，兩艘巨輪
擦身而過時我們叫出來
不易覺察的斷裂總是從水下開始
那個三角洲因一艘沉船而出現

發生了多少事！多少祕密的回流
動作、刀光劍影，都埋在沙下了
或許還有歌女的笑吧
如今遊人進進出出
那片草地彷彿從天外飛來
你搖著我，似乎要搖出盼望的結論
但沒有結論，你看，勒石可以替換
水上的夕照卻來自同一個海
生活，閃亮的、可信賴的煤
移動著，越過霧中的洶湧
我們依舊得靠它過冬

5

街燈亮了，看不見的水鳥
在更高的地方叫著，遊船緩緩
駛離碼頭。你沒有來，我猶豫著
終於還是坐在觀光客中間
噴泉似的光柱射向夜空
鐘樓的龐大陰影投在回家的行人身上
「夜上海，夜上海」，芸芸眾生的海
奇異的異鄉漂流的感覺，一首

斷腸的歌。不管在何處

我僅是一浪人而已

恍惚之城，但願現在能夠說

我回來了。往昔的戀情隱入

星光的枝葉，我需要更多的黑暗

好讓雙眼適應變化。當對岸

新城的萬家燈火沸揚，我靠著

船尾的欄杆，只想俯身向你

1999.3-11

博登湖

眾鳥之鑰突破黑森林的鎖
水光壓迫視網膜。渡船駛向城堡
並沒有誰從太陽的高度墜落下來
人們面無愧色，斜倚欄杆

這片水域由色彩構成，陌生而浩瀚
細細描畫出小山和葡萄園村莊
袖子高高挴起的健壯的洗衣婦
站在正午波動的陰影中

一次即興遊歷始於多年前的
一次出走。坎離之家的浪子，自許的
帕西法爾，被奇蹟的血放逐到
心跳像馬達轟鳴的原始天空下面

暈眩的光景！鹿飛奔湖畔
浪花，瞬息的花，浸入我們的感官
遠方彷彿一個召魂儀式
半個神的荷爾德林踏浪歸來

眺望的人中哪一個是我？
談談桑社，雩祭，或賢者的擊壤歌

房星南曜的農事詩時代
如今我們遁跡域外，形如野鶴

以山水為藥，亦可刮骨洗心
彼何人哉！披髮佯狂，奧渺不測
深藏起孤絕的辭鄉劍和一雙紅木屐
佇立船頭，俯身於灩瀲碧波

滿空皆火，湖心燃燒著七月
船在移動中擊碎了過於明確的東西
諸如必然的遭遇，不死的陳詞爛調
將一次橫渡引向一生的慈航

1999

多棱鏡，巴黎（組詩選）

綠葉中有噴泉的眼淚循環

五月的街頭畫家，我欣賞他把明亮部分

處理成天使。它太高了所以你不能

叫它趴下；無性，因而徒具光輝

早晨的太陽是初生的嬰孩

如果你讚歎那雲的濃豔

霧的色情，就不必在天體中尋找

未來的祥瑞，過去的奇蹟

你曾經滔滔不絕，如今為何喑啞？

水邊的鄉愁吹皺了月亮

風之謎響徹我記憶王國的幅員

陌生的事物猶如彩繪玻璃

鑲嵌的技藝，半明半昧

這想像的神祕形態超越邏輯

和誇誇其談。如果你聽見枝頭

嫩芽的呼喚，你就是春天

但天使僅屬於命名的一種

羽翼拍動，地獄應聲粉碎

2

對中介的需要產生了詩
在可見與不可見之間聲音往返
像燕子遷徙。遠方是什麼？
早年的海岸──夢把它眺望
一間土屋──祖母從門裡出來
這裡是巴黎；這裡，河上泊著遊艇
我坐著，跟一個隱身人交談
柱子，柱子，無限地增植
突然，那頭顱陷入石頭的沉默
遠方的缺席者，此處的對面
該怎從不增不減的奧義
從全仁全樹的最高等級
去理解一串鳥鳴：瀑布的瞬間
千鈞一髮之際就看你怎樣對待了
季節裡太陽的回歸攜來種子
燕子仍然是去年的燕子
一朵帶電的雲將邂逅另一朵
遊人朝翅膀划過的水面指點

3

觀看或冥想，帶著原始欲望

和所有人一樣活在渾濁的世上

在烏托邦和死亡的陰影中

風車傾斜著。上方是塔，再上方：群星

但下面，皮卡爾的老鴇在拉客

你需要學會保持一段距離

看人們怎樣行事，拒絕或逢場作戲

像那個用報紙裹一枝花的偽紳士

洗衣婦船，藝術家的聖地

這些台階似乎通向一個祕密天體

孤獨丈量我，厭倦的虛無

她舞蹈而來，踢踏尖叫

刀刃般裸露，像一隻光芒四射的孔雀

她用最激烈的方式佈道：

「勝任快樂，然後給予快樂」

這佛洛伊德的女信徒

像我一樣，是短暫的、必死的

卻無意間揭示了一條真理

1999

刺客

一個人，一條河
想到路途的遙遠
他不能入眠
亡魂長髮披散
獨立廊前
一滴血將他喚醒

刺客的心，只有他知道
有多寂寞
這手指本可以
捻著鬍鬚，撫弄琴弦
這嘴生來是為了
取悅美人

王在宮中數更漏
笙歌消歇處
一圈圈衰老的魅影
在他眼前飄
比劍更冷的星光
鐫刻著窗上的冰淩
死亡遙不可及
河停止流動

看啊，那廢除了自己的

那萬裡挑一的

把鞍彎換成了書卷

千年過去了

王已十分厭倦

不見英雄前來

取走他的頭顱

刺客依舊走在路上

他永遠到不了京城

伊金霍洛

像夢境的邊區那樣遙不可及

漸漸抵達的僅是一日的盡頭

兩三棵樹，一座雕像

入夜以前，死者的城門將關閉

馬上的人繼續前行

去接受一份萬古的邀請

並為地平線灑下慷慨的眼淚

褐色的群山。鷹。使敵人膽戰心驚的

成吉思汗的弓箭。睡著的鳴泉

這一切，有待被匆匆的一瞥再度發明

我身邊的你，公主，膝頭上放著

與草原一樣神祕的蒙古祕史

將開口為我緩緩誦讀

不是我，而是那個為使命召喚的

來自長春的人，與我不謀而合

入夜以前寫下了

抵禦流沙的這一行詩

2000

送克莉絲黛去北京

天高雲淡，配合你的好心情
我想像未來的某一天
你從教室出來，去昆明湖蕩舟
或者去山頂洞探究穴居人的祕密
走南闖北，經歷了多少風雨
仍然是一個人，坐在擁擠的公共汽車上
閱讀宮牆，槐花，風箏
嘗試著尋覓早期傳教士的行跡
穿上一件彩繡的旗袍
買回一卷魏碑拓本

布列塔尼的女兒，我見識過你
家鄉的大海，驚濤駭浪下
一幢幢堅定的房屋，紅色花岡岩
突現出無畏性格

有一個秋天等著你，克莉絲黛
請深深地呼吸吧，因為不久
就會有沙塵撲面而來
一切都在變，北京已不再是
明朝的版本，或羅馬教皇所期待的
天國的東土影像

通衢大道幾乎超出人的尺度
連天使也無法治理的交通
越來越需要耐心的幫助
讓我們玩一遍卜卦的遊戲
睽六五：悔亡，厥宗噬膚
往，何咎？

你看這熱帶的紅蕨多麼肥碩
極樂鳥花濕漉漉的肉冠多麼振作
然而花開之後就是花落
帶上你的杯子到窗邊來吧
海灣的風會告訴我們，什麼該遺忘
什麼該保留。你再看注入杯中
這泊船的燈光，五顏六色的
暉映你臉頰的酡紅

2000.9

答問

——給費迎曉

1

所以，小姐，一旦我們問：「為什麼？」
那延宕著的就變成了質疑。
它就像一柄劍在匣中鳴叫著，雖然
佩劍的人還沒誕生。迄今為止
詩歌並未超越那尖銳的聲音。

2

我們不過是流星。原初的
沉睡著，有待叩問，但歲月匆匆。
當一行文字迷失於霧中，我們身上的逝者
總會適時回來，憤怒地反駁，
或微笑著為我們指點迷津。

3

寫作是一扇門，開向原野，
我們的進出也是太陽每天的升降，
有一種恍惚難以抵達。於是秋天走來，

塗抹體內的色彩，使它深化，
然後消隱，像火狐的一瞥。

4

這些是差異：過去意味著反復，
未來難以預測；面對著面的人，
陷入大洋的沉默。而風在軀體的邊緣
捲曲。風搖著我們，像搖著帆，
不知不覺中完成了過渡。

5

所以我們必須警惕身分不明的，
長久失蹤的東西，隸屬於更大的傳統，
在更遠的地方移動，遮蔽在光線中——
真實，像一只準確無誤的杯子，
被突然遞到我們面前。

2001.1

詩話三章

1

身穿綢衣，怪癖的古人
在山水中尋找生命的穎悟
在日常的悲歡中尋找風雅
他們從短暫的事物知道
塵世的悽楚需要言辭的安慰
聽從流水的勸告，跟隨內心
四季輪轉。詩，緣情而發
遇事而作，不超出情理
把哀怨化為適度的嘲諷
用言說觸及不可言說者
理念完成於形式的尺度

2

韻府是記憶的舊花園
水在流，石頭還是原來的石頭
而滄浪的清與濁必有分矣
源頭隱去，對我們說「不」
總還有一些可辨識的記號

散落於雜花掩蔽的祕密小徑
像點點螢火，像河圖洛書
為人間重現言辭之美
宴會散了，甕中的蜜保存著
等待我們去取，樹上的
童年，手摸到星星的耳墜

3

詩人清臞，詩歌必豐腴
風骨不露，而銷魂今古
盈盈一握之間，傷逝者慨歎
兩種事物的不朽：花與書
當鏡子變暗，書寫重複著
關於公共垃圾的現代概念
窗外遍吹腥膻，鬼夜哭
客枕之軀驚起，獨步中庭
倘若詞語僵硬的姿勢不能打動
哪怕是一知半解的人
我們自身必須化作流體

有感於周易古歌的發現
——給孟明

一代又一代人思考過宇宙

這本書聲稱，它就是一個對應的宇宙

整個下午，喃喃念誦它純樸的詩句

如同一個從地下醒來的陶俑

被面前的光亮嚇得目瞪口呆

我感覺到每一個灼熱的詞

都像一塊來自遠古飛船的碎片

寂寂燃燒，沒入深藍的渦流

龍戰於野；其血玄黃

象與數的同一只神祕羅盤，載著

來源的金，木，水，火，土

現在，在我寬大的桌面上顯現

詩，每一行（正如韻府）都是真的

但音樂在卜辭中沉睡了千年

沒有人知道，由於斷章取義

占問者的未來更顯得撲朔迷離

時光磨亮了一些明器般的事物

澧水以西，周人祭天的歧山

東渡的盟誓似乎仍在喧響

一次是修井，一次是婚媾

一次是君子行役，皆可入詩
而目光渾濁的學究們，千百年來
在顛倒的對卦裡排列星辰
竟無一人走出命運嘲弄的迷宮？

脈水歌
——重讀《水經注》

1

大河在遠方閃爍，猶如一道
來自北極的光。太陽的火舌下
羿的箭矢穿過雲的旗幡
我移動，像山海經中的測量員
雁陣在藍天書寫一個人字
流水浣洗著林壑的耳朵
在我的衣襟前製造一個節日
飛瀑在懸崖絕壁激起迴響
一條又一條河穿過我的軀體
帝國的通都和彩邑中有我的驛站
美人因遲暮而憂傷，醒來
衣袖空留昨夜的餘溫

2

岸草青蔥尾隨我遠去
而生活本是在岸上築居
為什麼要告別笙歌和畫舫
去追逐蠻荒的河流？

為什麼騎驢，飲風，偃蹇而進
易水而弱水，塞北又江南？
漫長的行旅中，孤獨已變成
心的刺客。夜半客船上
家書的爐炭烘暖我的雙手
出發的日子，話別的時刻而今安在？
凶年又加上不馴服的河道
星星的沙粒壅塞平原

3

死亡的黑車滿載兵器
烽火中的白馬連翩西馳
曙光像祕件的封泥那樣火紅
大河從貧瘠的遠方流來
經過同戰爭一樣貧瘠的土地
那麼多人在飢餓中死去，又在死後夢見
玉蜀黍和乾葡萄，夢見女人們雲集
辨認著比凍土更僵硬的自己
手在空中掘墓：蒼天！蒼天！
她們像懷中嬰兒般號叫

那麼多等待化為烏有
好似干戈化為玉帛

4

倘若青鳥來過，曾棲於什麼枝頭？
羅盤搜尋到哪一座仙島或靈山？
裸國殘缺，怪物的想像同樣殘缺
龍族的血液裡有它們的低語、尖叫
禹貢山水猶在，貢船早傾覆
接著走來了游俠，縱橫家
和篡位者儀仗中大象雄武的步伐
這片土地的傳說，河流的傳說
像炭黑的赤壁被燒得滾燙
像石上的勒文，只有風能夠識讀
連同智者的浩歎都將化為烏有
影子交錯，有誰曾抵達過彼岸？

5

漁父調舟而去，桂棹輕點
拋下一首惱人的滄浪歌

多事之秋的高樹用傷疤的瞎眼眺望
我走過的泥足深陷的路
一隻蝴蝶被塵土壓住有無原由？
一隻螢火蟲為我照明是否出於自願？
除了繼續早已開始的仰觀俯察
涇屬渭汭的清濁，南北分流的盤根錯節
現在豈不是一一稽考的時候？
說，即便最終等於不說
像流星的湮滅，石棺的沉默
鐵函有朝一日會浮出深井

6

雲夢澤上的雲，銷魂的雨
宋玉的解夢術滿足了楚王的淫欲
清水之畔，筠篁幽幽，名士們
佯醉、打鐵、冶遊於林中
與殘暴的君主曠日周旋
我又怎能倖免侍者的頭銜
在奉命陪同皇帝北巡的遊歷中
夢想山川風物和美的人心
從一部水之書發現了不得已之境

我豈不願放浪於市廛之間

像綠鸚鵡，在燭光的嫵媚中

在玄奧中談吐世道陵遲

7

開創的人物，天之驕子

遙遠如來自某個河外星系

沿著傾斜的日影下凡

敷土，祭奠高山，命名了百川

那傳說中的水王不曾回來

廣漠掩埋遲到者的悲哀

河與人喧響兩種孤寂

一如那不可能停下的箭矢

惟有脈跳還在呼應地下的湧動

惟有記憶匯合成更遼闊的河

當我躊躇著不知該向何處去

月亮那水的魂魄引導我

8

經典已樸散。在扭曲的時代
我只想做一個脈水人
在精心繪製的地圖上規劃
一度是桃花源，後來是戰場的山水
渴時我就以朝聖者的姿勢彎下腰
風像色情的山鬼挑逗我：
看啊，一切皆流。但重泉中
我的影子卻如如不動
變化多端的四季的儀表
漲落的水文，讓我徒然興歎
並連連發問：什麼樣的鉤沉索隱
可以追回遁走的暗流？

9

這是一則軼事，這是流亡
漫長的行腳從一個龍忌的字開始
只帶上很少的必需品
走著，一個人不僅可以夢見
爵祿、榮名、弄臣的粉墨

可以洗手不幹，可以懶臥
也可以遠走高飛。沒有禹跡
只有銀色的絲涎那徐緩蝸牛的
逶迤哲學。對我而言，遠
就是近；走，就是用交替的腳踵
量盡河流的長度，大地的幅員
停步倚杖，在峻湍邊看雲

10

急迫的鷹唳叫著，唳叫著，唳叫著
大地之鷹，展翅在雲端
那聲音像黃昏天空的一個亮點
神祕的河圖的一個疑點
像從殷墟飛來的傳奇的巫祝
戴著面具，發出預言：
「旅者，你該向視域外搜尋
在傾聽中配製魔咒的力量
你也該知道源頭的涓滴原本弱小
逆流而上即與那一脈活水為鄰
夢想的顛躓也是生活的顛躓
當大河上的彩虹橫絕遠空」

布洛涅林中

湖水的碎銀，在巴黎的左側
獅子座越過火圈。

松針，你的儀式道具。

風數你變灰的頭髮，
睫毛，影子凌亂的狂草。

槳，沉默之臂划過藍天
兜著圈子，乾燥像孩童挖掘的沙井
在夢之岸坍塌下來。
呼吸與風交替著
串串水珠的松林夕照
掛上隱居者的閣樓。

巨人頭顱，無人授受
磨亮渡口的老鐘遠在西岱島，
敲打死囚的回憶。

火鶴，你渴慕的豎琴，
彈撥湖心。
彩虹裡盲目的金子揮霍著，

覆盆子的受難日，
林妖現身於馬戲團，
爻辭之梅酸澀，
沒有歸期。

從水圈到水圈，
星的王冠被夜叉擊碎。

鐵塔下邊走來一個亡命者。

馬戲

1

面前這朵欺人的雲，
像女騎師紅色的頭髮，
或探頭探腦的人
看見它的樣子。

2

如此這般吹著口哨，
把美女切穿，肢解，
從絲綢裡取出僵硬的殘軀，
沒有血滴下，沒有恐懼；
下凡的天使，彩翼著火，
和自己互搏，忙於自救。
人人都忙於自救。
不知不覺中角色替換。

3

雜耍。風。帽子旋舞，
帽子掉到地上，他不得不彎下腰。

4

一柄劍正緩緩穿過咽喉，
一柄懸而未決的劍，
太多的目光將它粉碎。

5

騰挪，升空，一展身手的時候到了。
在標杠上他意識到，
人不過是猿猴中的一種。
你呢？如果你是天使，
你是否總是從穹頂的高度瞻眺，
說悲愁是技藝。

6

彌漫的，零度的夜，
詞語的抹香鯨返回海底。
現在他是一座島，孤高的
鋼絲索的現象學，
他也是他自己的搭擋，

靶子與飛鏢，
名叫尤利西斯的狗，
鼻子冰涼。

7

自行車上
十個人搭起一堵人牆，
肌肉的疊韻，高聳入雲；
十個人變成一隻孔雀，
旋轉著，支撐著，
幾乎做到了──
一隻赤裸的孔雀。

8

把火噴向圍觀者，
點燃虛空，
與星星成為一體，
或像隕石滾過地毯的寂靜。

9

這是技藝，詩的翅膀，
不超過軀體
或軀體笨拙的運動。
但在極限的努力中二者相似，
詩與人的蛙跳，
不超過一點點驚訝的距離，

當天使的鞭轆盪過。

10

她把馬群稱作波狀的時間，
鞭打，驅策，點名，
一圈又一圈，閃閃發光。
在牠們中間她就像一個威嚴的女王。
雖然她終不能馴服
那匹混合、怪誕、
最後的人馬。

2001.9.22　布宜諾斯艾利斯

清晨的公共汽車（兒童詩，為安高女士而作）

電視新聞像一部倒放的黑白影片
恐怖分子已經潛逃
人們面朝車窗，熟視無睹
彷彿從未有過什麼災難
小男孩站著。倒塌的通天塔
在他心中喚起一個形象
一種迷惑，一個來自
人間悲劇的驚悚片斷
地平線依稀可見，無數的季節
在哪兒堆積，因此有不同於金屬的
亮光釋放，而廢墟的黑蠟筆
繼續在曼哈頓上空塗鴉
多年之後，太陽仍會在杯中溶解
點心店仍會出售每日的蛋糕
一年一度，仍會有生日
但斷牆的哭泣將不再有人聽見
一個暴發戶摸樣的人頭髮油亮
（小男孩心想，如今哪裡也找不到
卡洛畫中那種捏在手裡的錢袋啦
因為連小偷也覺得不雅）
車走走停停，人們搖搖擺擺
汗與香水混合在長方形的盒子裡

坐一趟車前往不同的地方
說一種方言使用不同的詞彙
女傭、退休教授、異教信徒
哪一種身分更容易辨認？眨眼間
天使與魔鬼混淆。到站了
車門開啟。小學的預備鈴響了

2001

語言簡史

既無名稱亦無目光，從未有過酣暢淋漓的流動
——冰川寶藍色的沉睡。寒冬嚴峻的刻刀
在那透明的棺槨表面繼續跳著透明的死亡舞蹈。

語言抵達那片緩坡，在昨天的猛獁離去之後。
那邊走來一個穿樺皮衣的人，他有著從地獄歸來的
但丁一樣蒼白的面容。他緩緩吐出一個詞——「花」。

2002

在拉普拉塔河渡船上對另一次旅行的回憶

這水域幾乎不能稱之為河，它寬得像忘河

一同渡河的人卻不一定同歸

赫拉克利特感歎過，孔子感歎過

但不容爭辯的河流說著它自己的箴言

因為河流乃是大地的舌頭

太陽照見船艙裡幾個爬來爬去的嬰兒

城市在一瞥中像一個模糊光斑的恐龍

船尾的人感覺要站得穩些

河流被用來命名逝者，人就只能在岸上

目送、踏歌、深情緬邈地祝福

我想起長江，曾經是界河的另一條河

在鎮江和古瓜洲之間，在意識的同樣

開闊的水域，你和我談著話

沉思著，試探著將要抵達的對岸

我們的嘴唇貼在了一起

2002

阿根廷的憂鬱

──寄長兄

1

被十幾條狗牽著，拽著，
遛狗人像個醉漢，在博卡區。
受制於腳力，他不可能追隨
那條大船跑過防波堤，
他和狗，是相似的光點，
一種塵埃，在街頭公園漂浮。

經濟危機在他的腦海中
形成更大的危機。但碼頭的蕭條，
讓他想起波浪中的祖先
擁擠著走下顫巍巍的舷梯，
今天卻只有憂鬱在測量他的身體。

毛茸茸的大狗牽在他手裡，
而他的捲髮也是毛茸茸的。
公寓裡，一個老婦人被吸引到窗前，
美哉藍花楹，這阿根廷之藍，
迫使我停下來觀看的裂變。

2

雷科萊塔公墓外，
南美橡膠樹的根鬚隆起，
巨大的葉簇感覺著自己的膨脹。
即使你穿上小丑的花格衣裳，
穿梭於咖啡座之間，
也抹不去他們臉上的愁雲。

我在死城的街道上散步，
鍍金天使像高過屋頂，
濕漉漉的百子蓮，
在本地發音中像蜜在舌尖微顫，
像驚異的瞎眼暢飲
太陽的歡欣。突然，一陣鳥鳴
不知是哪個死者的口信，
掠過我的頭頂，
似乎在為另一個世界叫好。

同一片樹蔭下，一邊是
長眠的人，另一邊是準備
背井離鄉者。一個女人

在電話亭裡流淚。我無所適從，
剝開金合歡樹上落下的豆莢狀的果實，
種子顯露了出來，它們會不會
生根？我感到抱歉。今天是星期天。
「聰明人應該誕生」，
他誕生了嗎？

3

在抗議者的遊行隊伍中，
在無盡的街道的棋盤上，
在城南的小酒館裡，
在摸三張的露天牌桌旁，

一種預感不斷重現著，彷彿
一隻時鐘裡的貓頭鷹說出了人言；
一個不知大難臨頭的醉漢，
高舉著酒瓶跳進了鬥牛場。

4

塞壬們在夜的街頭巡遊，
天亮以前歌聲不會化作泡沫。
楔形廣場，毗鄰的窗下，有一條
失眠的小船悄悄漂離了的泊位。
界河對岸是另一個國家，
殘月的犁耕耘著潘帕斯，
野馬群翹首北望——
夜風吹落了最後一片樹葉！

小兒子在噩夢中驚醒。
從三個方向的遠方
都沒有消息傳來。我推算著又一個
水下的日子：多久一次
以及怎樣換氣？像潛鳥，
或凍土帶冰河下古怪的河狸？
夜空陌生，而季節顛倒，
習慣性地，無論在人煙稀少的湖區，
或安第斯山脈的曠野中，
我尋找過南十字星，
但終歸徒勞。

5

冷僻的象形文字舞蹈著
擠入夢境：標上烏有鄉版圖的模糊地址。
一個刺客走近我的床頭索取欠單，
說他感興趣的並非我的性命——
雪上鹿跡去向不明。
當早班車魯莽的轟鳴
震動每扇玻璃窗，
伴隨我困倦額頭的輕微搖晃，
布宜諾斯艾利斯城向黎明漂去。

2002.11.19

博爾赫斯對中國的想像（一首仿作）

沙漏。秒。最細膩的皮膚的觸覺。

玉如意。癢。你讀過的書中

既無頁碼又無標點的祕笈。

太陽的章節。月亮的章節。海的章節。

啞劇的腳本。一首比枝形吊燈更美的

佚名作者的回文詩那循環的織錦。

宮女在奉獻之夜對皇帝的規勸。

《爾雅》的一個章節或《易經》的一個對卦。

大禹的病足和鐵鞋。滔滔江河。

徒步丈量世界的、作為K的原型的豎亥。

（卡夫卡知道，他永遠到不了極地）。

函谷關的兩扇門，桌上擺著那

字跡未乾的《道德經》的第一個版本。

空虛的富足。逝去的回歸。

南海鮫人的一滴變成珍珠的眼淚。

李商隱寫給某個女道士的無題詩。

爬上泰山的一隻阿根廷螞蟻。

鑒真號水手划船時整齊的動作。

一張利瑪竇在肇慶繪製的坤輿圖。

太空船上看到的萬里長城。

象徵天圓地方的一枚古錢幣。

雪落在永樂大鐘上發出的聲音。

江南那東方威尼斯的富庶與頹廢。

考古學家的鑷子。木偶的提線。

《山海經》裡聞所未聞的奇異動物。

兵馬俑的沉默。丹客的爐與劍。

我在日本的一塊石碑前

用手掌閱讀過的天朝的不朽銘文。

與布宜諾斯艾利斯的一個銅門環對應的

上海石庫門上的另一個銅門環。

2003

給青年詩人的忠告

也許這就是詩：〈飛矢之影〉
反對飛矢的運動。遵循著
天方夜譚的邏輯，大象從容
穿過針眼；對於逝者，濠梁之魚
有它高出一籌的理解
它們倏爾遊動，或止息靜觀

大師難覓，知音即使在世上
某個地方，此刻常缺席
例如，困惑的伯牙來到渤海岸邊
竟然為無情的泡沫而銷魂
於是，他彈奏的已不是原來的古琴
誰是那絕響？我們只需聆聽

哲學對你如無助益，最好
直接去尋訪秋天的山石
水落下去，石，堅定而充實
君子般坦蕩。沿著溪澗緩緩攀登
劉晨與阮肇，就是這樣在山中
邂逅了如花似玉的仙女

2003

輯四

布宜諾斯艾利斯——北京

斷片與驪歌

——願有一席之地，留給遠方來客。

（博納富瓦）

群山寧靜的誘惑，
風景中的人物，
如在魏晉。枯坐著緬懷
酒、農事和詩歌，
眺望與地平線的
苦澀融為一體。
在深潤的鳥鳴之上，
鄉村教堂的尖頂之上，
林薄初霏，異地的奇峰
像屏風羅列；高處是衰草
和去年冬天的雪。

攀登，像徒勞的夸父
追趕著季節的飛輪，
日落前不得不
原路返回。彩虹
這肉色的、雲和光的
饕餮者，探入高腳杯。
湖上那隱身人的琴聲

摧折了歸鴻。葡萄，

消損的植物美人皮膚上的

薄霜，這些淚水在把誰迎迓？……

此處沒有束籬，

耽留就是喝湯，

筆直且感激地坐在餐桌前。

說吧，長嘯吧！

你剛清了清嗓子，

沙子立刻就打斷了你。

引詩為占如何？

──同人於野，

驅車鬆軟的河谷地帶，

恍惚中又見到那座

古老而巨大的避難城。

*** 　

往事沉潛了。曾經親切的場所，故鄉命名為仙

姑的廊橋已不可見；橋邊的水車、橋上聽雨的

人已不可見。連同祖父俊秀的題詩：

……揚清音兮流水從容……

……效往聖兮後生乾惕……

他們決定拆毀記憶之城，用金屬取代文明的木
頭。你的祖父，雕花人的鬍鬚從案板上翹起，
放下鑿子去深山採藥。你接過吟哦，讓它深入
皮膚下的湧泉穴。但草根或韻府能否救塵剎於
永劫？在東陵，你觀察星象，並體會到人在「天
道」旁彼此遙遠。你怎樣泰然自若，漫遊於花
體字林間而不被猙獰的巨獸嚇倒？或像一個
穿長衫的學者那樣，從半埋在土中的碑石上，
挖掘漢語天命的字根？

一片空白。這只人種志學陶器是殘破的，難以
再現初始之圓。遺囑的悲哀傳給了下一代。

***

那個被記憶壓垮的生者是你，心情沉重。有霧
騰起，紅色的霧，在海上。護照像失去土地者
的地契，被你徒然攥著。行李箱是你的獨木
舟，在人群中吱吱作響，額頭冒著汗，嘴角嚅

到鹽的滋味。鐵絲網的黑灌木開花了，你這
僥倖的人，認識其中的一朵。邊界可疑的光晃
在你臉上。一種對質。當手從小視窗收回，印
戳那制度化的燙傷就烙在皮膚上。你要走了
嗎？你這像囚徒的人，行李箱裡有幾頁殘破的
手稿，浮雲的遺囑，家傳的護身符。

一個早年山谷盡頭的驛亭，正幻變成遠方的一
座海市蜃樓。你記得那個戴紅色袖標的少年，
嘴唇上有茸毛，站在山岡上，把祕密朝聖的計
畫透露給了你（那年你九歲，你記下了那個地
名）。在深圳，在被害者和未降世者之間，有
一座橋，像電影中用於交換驅逐者的那類鐵
橋，你拖著行李箱走過了中線。

***

格爾尼達街55號，
濕冷的11月的早晨。
街燈張著醉鬼的眼睛，
窄窄的旋梯升上你的方舟。

巴黎，屋頂航行在
街道的深谷間。

靜，從牆裡滲出雲外。
無邊。圓的方程式。
抵達的磕磕碰碰。

你的新娘張開雙臂迎接你，
整整一個季節，她等待，
她把霞彩拆了又織，
積蓄著眼淚。正當
你從上海乘火車去南方，
作為孽子去履行一場
沉默的告別。
長溪畔，桃花塢，
你的父母，魂魄交托
明媚的山水，越阡度陌，
做著來世的泥土之夢。
你用手挖，挖向死，
無數種死中的一種，
羞辱生者的死。
手捧羅盤的風水先生

擺渡而來，爰冊授曰：
遠行之子，宜避墓穴。
無論十年生死能否以紙杖銜接，
家葬的行列走過了霍童地界。

太遲了！正如多年後
你那些事過境遷的詩，
通過回憶去觸碰：
廟宇、井圈、門廊，
為一個過往招魂，散逸的
已歸永劫。沒有餉宴，
遠方不過是令人
頭腦發脹的時差。

你闖入，你這攜帶著死亡
胎記的漂泊者。醒來，
鏡子映出一個倒數的日期。

太陽昆蟲懶洋洋地爬過
彩繪大花窗，你挽著新娘的
臂彎站在聖母院。管風琴
同時拉響一千聲汽笛。

你知道抵達無非是更遠的出發，

你對她說：

「你的美驅散了黑暗。」

***

在不同緯度的城市裡走著，

在古生物化石前

辨認著魚骨和葉脈，

把詞語當作斯多葛柱廊派

或托缽僧的救生筏，

從懸崖上眺望

港口街巷和海上城堡，

參觀博物館，學習當地的語言，

當地的習俗，吃乳酪，

在生蠔上擠檸檬，

跟同一條街上的流浪漢閒聊，

穿過星期天的集市

去聽非洲打擊樂，研究

老式煤氣燈、石碑上的字符，

比較花園獨角獸與

皇宮饕餮獸，從不滑雪，

但喜歡「滑下去」這個詞，

在旺多姆的丁香樹下

讀完半首猜謎詩，

反復默念的一句是：

井邊的人最渴。

乘最後一班地鐵回到

萊阿爾，或深夜走下

燈紅酒綠的蒙馬特，

向妓女問路，

結果在聖馬丁門附近遇見

歌劇《帕西法爾》的演出廣告——

戴面具的荒原人騎在馬上。

現在，你來到你的位置

——詞語漂泊物，

像海上的泡沫，

看對於你是奢侈的，

而擺弄天平更超出了期待。

觚：禮器，廣口細腰。

孔子歎曰：觚哉！觚哉！

一群中國人，你的同族，

在烏麥爾街毆打一個醉漢，

你路過那裡，

你記下了那張扭曲的臉。
你不是製器者,只知道
要推翻一條注釋
是多麼難。關於痛
你沒有更好的回答,
它將會在意想不到時
自行消失。這是可能的:
雕像流出了淚水。

***

像一排浪那樣退去的黎明
重複著,又一個不眠之夜的
鬼蜮工程。你沉思空間,
卻被輪迴之斧劈開,
月令已死。冬天
在拉雪茲神甫公墓,
你找過你自己的名字。
可憐的,向幽靈討教
活著的理由。在那
靜謐的永恆避難城,
一個老人坐在輪椅上

緬懷他的先祖；

一個拿著一枝風信子的女人

領你去聆聽一場死亡講座；

一個聲音對你說：

「年輕時我是一名水手，

到過直布羅陀，

看見海格利斯石柱

我驚慌恐懼，

如今在那個地界之後的

這個地界，我已沒有恐懼，

卻被寂寞與悔恨所糾纏。」

楓葉落下來，彷彿

早年夢中的天火，

使一切有名字和形體的東西

都帶上了半是焦炭

半是灰燼的特徵。

人，最終獲得一張面容，

在那尺寸略小的臥室裡

仰望甜蜜的星空。

從一句米沃什的詩你想起

一件舊事：你因在齋戒的日子

殺死水蛇，冒犯了鄉俗，
險些被溪水捲走。

***

橡實、沙、旋轉木馬。
秋天彷彿一場緩慢的失血，
約會只好推遲到明年。
老人們玩著擲鐵球遊戲，
沉甸甸的鐵球閃爍著，
如意時就撞開另一個，
像詞語在表達的途中
排除了莽撞的東西、妨礙
接近詩意目標的東西。

兒子坐在高高的大象背上
向這邊招手，開始吧！升起，
降下，升起，放牧著快樂
和眼睛裡全世界的暈眩：
群象齊鳴……
音樂在旋轉中升高，
變成一棵大樹，

向心力和離心力

在同一個平面，

把流動圖像映入童稚之心

——那裡可能已長出

星際旅行的期盼。

稍遠些，另一個你，

從紅色山岡跑到月亮的高度，

帶著自製的木輪車。

抓緊！滑下去。像那位

寓意大師詩中的喊叫，

從合攏的松枝的拱門，

沿著混合糞便氣味

與野菊香的鄉野小徑，

心跳猶如來到懸崖邊的獐子。

在那種加速度中

停下是不可能的，

最終是摔出、翻滾、

膝蓋流血，冒險付出

慷慨的代價，然後再度

興致勃勃地走向

山岡上的夥伴。

***

反向的秋天深入城市，水，從銀亮變成了暗紅。釣魚人在防波堤上抽煙，看著上漲的河面，景色中偏暗的部分容易被忽略，碼頭灰濛濛，提前亮起的燈，也把隱蔽的冒險提前。公墓外的探戈在孤獨的異鄉人眼中彷彿骷髏的死亡之舞；木偶藝人穿著小丑的花衣裳：快樂是他的紅鼻子，清白是他的貧窮。霧，弓著貓的腰身過橋。一個行人停下擦拭眼鏡，彷彿想擦去突然出現的、對一段往事的內疚。你什麼也沒變，除了看的方式——固執於眼睛對世界的愛。

每一個街角都深諳色彩的誘惑，報亭對面濕漉漉的花亭柔光四溢。三個小女孩抬著一張藤編搖籃，走在她們懷孕的母親前面，這動人的哆、來、咪所向披靡，誰不曾讓步誰就得從頭學起。散步時你感覺自己，就像一個沿亞馬遜河追蹤蝴蝶的生物學家，正一點點地在內心的廣場上，建起一座印象博物館——這邊和對面在同一條街。

邂逅的彩虹升起在河的盡頭，
給我的抵達敷上傳奇。
勒馬利特號縱帆船來自
布列斯特。有鳥巢般的桅樓嗎？
有人睡在上面嗎？你
抬起頭來看。河水暗紅，
這裡海鷗和烏鴉都比別處肥胖，
昵狎地叫，追逐在船尾。
接過纜繩的人猶豫著，
彷彿牽著一匹馬。
戰爭已結束。如果你上岸來，
將走過舊潛水艇站龐大的魅影。
城市毀滅了，有什麼東西
還在轟響。記憶，你說過，
像針尖。當黃昏，霧從海上
帶來濕氣，人們就向燈火走去，
冬天的燈火漂過河面，
留下刺骨的箴言。

這是盧瓦爾河。這也是

我涉過的、和款待過我的

河中的河。不易覺察的落差中

水位的變化，被稱為流動，

混合於血脈。聽見了嗎？

那同步流動，那掩埋在一本

古書中的水聲，該怎樣來

挖掘？當眾人都在岸上。

船槳激起的水花，彷彿

十萬隻大雁騰空，

把心跳帶到遠方。

我不認識它的上游，

使那裡的每一束光都變得神祕，

或許只有返回的水手，

能夠一一指點給你，那些尖塔、

林子、以及高盧人的老風車，

直到他們渺無人跡的山中。

我來時是十一月，

難得好天，風修剪的奧地利松樹

變成浮雲，在我眼前漂。

風還在不斷蛻變：

三角旗、窗簾、女人的捲髮。

眼睛酸澀。寫作像霧中的旗語，

意義難辨。只有吊橋粗壯的手臂

舉起，放下，運送著

又一天的落日。

「小摩洛哥村」像死寂的

最後的村莊，冒出地面。

汽笛捎來風暴的問候，

我沿著老防波堤走，波浪像一群

被驅趕的毛茸茸的狗，

要求你領它們回家。海，

唯一的、無垠的海，萬頃鄉愁，

似乎要溢出你眼眶裡的星球。

　　　　　　　***

流亡者的晚餐。

這個座位是空的，

一些人已上路。

未走的，將繼續
幾天來的話題：
關於巴別塔之旅。

那符咒的荊冠威力不減，
箍緊了又箍緊。

但丁的世界帝國
在它之後，也僅僅是一座
紙上建築。

我們能否用語言拆除語言柵欄，
把網撒向沉沒的伊尼斯島，
或返回從前，
老死不相往來的村莊？

侍者為我打開這扇
緊閉的門。
後花園裡，西番蓮
裹著嬰兒狀的小黃果。

深秋發出它的準確讀音——

Passiflore，

這詞義的意外波浪，

使滿架的藤蔓同時洶湧，
拍打著迴廊上空的群星。

落葉滿庭，像基督
受難的血。

***

七步（往事之一）

——神是樹的精靈現身於樹（民間傳說）

就那麼幾棵水杉樹在村莊的盡頭，使我們相
信，樹護佑的這個世界已足夠大，我們在泥巴
里弄出的聲響已足夠大。外鄉人進村前須
知——繞著樹走，且不可回頭。樹下的卜師，
守歲者，掌吉凶與吝悔，令香火永續不斷。當
我們被一場大暴雨驅趕到那裡，人人都像一條

赤裸的泥鰍，神龕裡的法器：鏡子、劍、碗和
符籙，便用陌生的魔術把我們固定在原處。無
知的膽怯成為最初的獻祭，想著，要是能逃之
夭夭就好了。

說不清變化從哪天開始，下一次走過樹下你已
學會仰頭注目那個斧痕。（倘若你足夠大會舉
起手制止嗎？）樹流出了血，溫熱的血濺到褻
瀆神靈者身上使他當場斃了命——因為這傳
說我們長大，留下來或遠走他鄉。總有避雨、
納涼和求籤的人，放下鐵犁、貨郎擔，在吸袋
煙的工夫裡，從這裡眺望廊橋和兩岸的村莊
（其中的一位，舉止稍異）。卜師問：「人客，
算一卦如何？」那人緘口不答，進村以前繞著
樹走了一圈，他記得那規矩——在小石子下面
放下買路錢。

***

七步（往事之二）

群山嗡嗡作響。我錯過了為她送行。外祖母躺
在紗幔裡。我看見她坐在庭前，對鏡輕施粉
墨，用一根細線（古老的美容術）在臉上輕彈。
那株我種的葵花，釋放出這個下午的光和寧
靜。內室敞亮：陶瓷小菩薩，念珠和蒲團。飯
如雪，舉向三種時間裡的救主。窗外是來自須
彌的無盡的群山。

在這個叫七步的小村莊我從未長大，站在床上
如同站在某個圓圈的邊緣，她長時間地為我穿
衣，翠綠的、她的心長成的菩提樹俯向我，似
乎七步以外就已不是人間。七日來復，屍祭也
以七日為限，或許只是數的巧合。神祕土，帶
走不同季節的死者，他們不再說話，卻保證讓
岩礫在開花的節令開花。強壯的根系加固著堤
岸，並像天意那樣裸露著。

群山嗡嗡作響。農人早起擔水、耘田、朝向西
東；婦女們清晨採茶，午後織布，夜裡就用山
魈的故事嚇唬啼哭的孩子。我們在山上觀看甕

葬的地方亮起了鬼火，外祖母總說：死是回
家，爾等毋用害怕。那些冥界的小小燈盞熄滅
後，第一聲雞鳴就從日出的方向來。

她在廚房裡忙碌，但聽灶火颯颯便知有客臨門
（她心想，這回客從何來呢？）。明日是端午，
她得趕緊洗滌，燃香，誦經。生活在繼續，像
串串粽子漂流，漂向瀑布幻化的九條龍。他們
進來了，這些粗人，感到手無處擱，於是掀起
紗幔，讓時間一點一點地回溯。外祖母如花似
玉，早已踏上了雲頭。

***

光線隨變化的雲影而波動，渡過的海，分泌著
鹽和精液的海，風平浪靜時柔滑的綢緞，蜥蜴
的綠火遲緩地升起。透過茂密的松枝，河的上
游，最遠的部落閃爍。那裡有世代生活並死去
的人在土裡變乾的血。我們向下走，海在視野
裡不斷升高。垂直的河，牽動大海那水晶的風
箏。帶斑點的圓石，像正在孵化的恐龍蛋，在
尖頂茅屋外圍成圈。一個男人跨過低矮的灌木

叢，把歸來的獨木舟拖出水面，他赤裸的背脊
拱起。開朗的、愛尖叫的女人，在黏土中烤紅
木薯，坐在門前編著籃子。

　　你想起三十五年前在太祿家，
　　那催你入眠的機紓聲和深夜屋頂上
　　悲戚的叫魂。婚嫁的紅綢、
　　疫病、天花板上響起的穿水靴的
　　忠字舞、讓房東太祿閃了腰的
　　那隻豬在院子裡絕望的狂奔。
　　血，熱的血，噴湧並凝固了。

反舌鳥向孔雀發出求愛的咕噥，螃蟹在黃昏的
細沙和淺水上爬。海龜潛入深海。越過軟體動
物搖曳的環形礁，一種史前的寂靜讓晚霞更有
層次、更稠密地塗著海岸的峭岩。這裡，最輕
微的歡息也會驚動靈蛇。孩子們在鯊魚的牙齒
間捉迷藏，扛著漁網回家去。

　　被放逐的時間像永遠不能
　　返回故土的麻瘋病人，在懸崖下，
　　在星光的刺下，吐著泡沫。

＊＊＊

羽扇豆的葉子釋放薄霜，
空白沒有對應詞。
湖上，岩石的光放大，
白鷹滑翔，某種靈視
穿透地面。馬幫像地平線音符，
匯入遠去的激流。
在美洲豹低低的吼聲裡，
你尋找著藍鬍子的異教神，
牧場的雲像簧風琴獨奏者
肩上的毛毯子，
無花果樹散發嬰兒的乳臭味，
凍土帶鋪滿千年的雪，
山羊的角相抵，
碰撞出輕脆、悅耳的聲音。

在南美洲的深處行走，
觸摸金色小牛犢，
卻看見二十年前的自己
在果園勞作。一隻紅麂被獵人
追至山下，沒有在你眼前得救。

在一群餓漢的扁擔下
那懷胎的母獸癱倒了。
她短促的、最後的鳴叫
是你漫長人生的隱痛，
使日後的寫作成為
為弱者所作的祈禱。

更多用方言命名的植物
懸著燈籠。當渡船
駛向冰河，你在筆記本上
寫詩。你注意到
幾個漢字被漿果的藍墨水
淹沒，難以分辨。

***

——年輕人是神，老年人是流浪者。（史蒂文斯）

下午，太陽垂直在河面上。
我看見葛根先生走過吊橋，
像一個愛因斯坦，低垂著孩子氣的
悲哀、寂寞的灰眼睛，

想著一個宇宙命題，
從他的汽車來到我的寓所，
腋下夾著幾本書。
（他沒有告訴我，但我猜出來了，
他的旅店就在汽車裡）

他來找我，因為有話要說，
他要讓我聽聽布列東語，
那馬蹄鐵般的母音符號：
「Ana，我們的女神，現身於
沼澤，戴著月牙形的桂冠。
曾經，祈禱者總要繞著圓圈，
走過她的塑像進入教堂。」
更古老的戲劇，用不同語言
交叉念出的台詞，像升起的閘門，
使我的房間湧進了波浪。
我聽見墓塚的聲音，
一道光穿過杯子，準確而清脆：
「年輕時我成立過公司，
做過葡萄酒推銷員，信奉過
烏托邦和造反的政治，
後來又投入捍衛海灘的鬥爭。

我期待過，愛過，也死過，
如今形同遊蕩的鬼魂，
卻感到需要去做的事是多麼微小。」

老人的出走，像卸下戒指後空空的兩手，
把爐火留給了永恆的昨夜，
無需「仰天大笑」，而是
如他所說：Je suis mon chemin，
道路領著他到達他所在的地方。
在這個伸入大西洋的半島，
到處有他露宿過的郊野，
從什科菲亞洛卡到聖布里厄，
夜晚沙灘上帶來石頭的集會者，
以圓形的密儀召喚群星。
夜──Noz──同心圓之舞，
潮汐去了又來，對岸模糊如夢鄉，
燈塔在曙光中楚楚動人。
「我已經老了，但我每天還會醒來，
活著就是繼續演劇，當什麼都被
拿走後就剩下了個人。
所以演劇不是權力的表演，
舉著格拉德隆王那生銹的盾牌，

輯
四

布
宜
諾
斯
艾
利
斯
──
北
京
／
211

個人，與天地參而為極，
嘗試著不去攪擾任何脈跳，
靜靜站在話語的光中
──此即我的老年哲學。」

起霧了，房間像船艙在移動，
葛根先生起身告辭。我注意到
他的椅子前方，紅色地毯上
有一個腳印。那金黃色
細沙的曲線彎成一個螺號
──「我們還會再見的，下一次
我將告訴你我去了哪裡。」

***

星宿和母語，寒冷的光環，
低飛在異鄉人的血液裡，
像古代進入大山中的徒步者，
相信護身符的驅邪術，你相信
這些字根的龍膽沒有死。
在如此眾多堅硬的物體表面，

經歷著不朽的渴望──藏諸名山，

或沉諸深井，甲骨與簡帛

再度顯露出來，帶著時間、

黏土和身體的擦痕。

鑷子的精神是越來越纖細。

吹去塵土。此乃初始的天問：

作《易》者其有憂患乎？

那位大師把一一數過的蓍草

敷在傷口上，如此經過了數千年。

而詞語在被烘烤的、脆薄的

舌頭上皸裂，猶如河流經過

不斷的匯合，終於到達開闊的

寂靜，在遺忘的塊狀熔渣下面。

無論你在哪，母語的微火

都照徹你的睡眠，陪伴著你，

在凍土帶去接近一座冰山。

指南車旋轉時，蒼頡飛過。

***

打滑的路面抗議輪子的瘋狂，颶風又加上大

雪。這是世紀的最後一個耶誕節，布列塔尼的

海面上，一艘開往埃及的油輪斷成了兩截。
本地人說，比墨魚的血更黑的撒旦的血，正一
滴滴改變著大海，使沙灘變成水鳥的停屍房。
年輕人杜拿哈從那邊回來，撕下油污的手套，
站在客廳詛咒著；他的兩個姐姐躲在閨房裡，
酒杯遲遲未動。

白天你看見人們三兩走過史前的神祕石陣，似
乎從中吸收了新的勇氣，人們看海，談笑，有
足夠的耐心。海鷗的叫聲令人愉快，使你相信
在歐洲的這個濱海小城，睡前的椴花茶與亞特
蘭提斯帝國的傳說一樣都將留存下去（孩子們
總是百聽不厭）。活下去，依賴的是自古形成
的習慣。

九十歲的祖母坐著，肘擱在桌布上。窗外，海
暗下來，比鉛還重。光逃散，巨浪幾乎壓住屋
頂。這時你想，詩，終不可取代麵包，或在垃
圾堆上面重建遊樂場。油污只能一點點排除。
你出去，走向一截舊城牆。

廚房裡飄出火腿烘餅的香味，壁爐上方，莫迪里阿尼的紅色裸女被織進掛毯。星期天，總有人站在運河的小拱橋上觀看下面的水閘。樂聲放大了一點。她解下圍裙，你們共同的薩福走在橄欖林中。桌布讓你想到從海上回來的欣伯達。家，你這笨拙的人，還不太習慣那久已生疏的儀式。樂聲再次放大了一點。牆上那只中國古琴如劍匣，飄落桐木香。現在，她在你對面坐下來，你把鼻子伸向盤子，嗅著，像一隻北極熊（從前在外祖母的餐桌上你也這麼嗅著）。單詞跳起舞蹈，醃菜和甕變成蘋果酒、餐刀、面頰上的吻。

***

可見的雪，離我們最近的景色，向下傾斜。旅者從不同的方向抵達，帶著避孕套、地圖和指南針。客棧外面的空地上，卸下的馬車輪高大、結實，飛去來器像套馬索在窗前低旋。嬰兒在母親懷裡熟睡。百子蓮塔狀的花序中，黃

蜂細蜜的茸毛像黃金，令觀察者更深地沉溺於
對微觀宇宙的好奇。

騎馬散步的人沿河岸返回，野牛（據說祖先來
自西班牙）站在林邊朝落日的方向張望著。

水晶在石頭的內部凝聚──
牙齒的形狀，一種修辭現象學
缺少的僅僅是主義的雄辯。

動物的眼睛裡總是漫溢著使人想到鄉愁的物
質，不依賴於任何發出聲音的語言。河，向下，
清涼漲滿我的肺，為了喝到水身體必須前傾著
跪下來，從前在故鄉的山中也是這麼跪著。

倒影中一張晃動的臉注視你，
手浸入時被什麼打碎了，
但你更強烈地感覺到了它。
記憶是另一種洶湧。

***

哥特式的廳堂，

防腐木板牆。

肖像中的人物好奇地

打量著你：「歡迎你，

客人。我們都已是逝者，

如果感到漂泊就想想我們這些

再也回不來的人吧。」

那天你在山上採擷

（並非練習辟穀或養生術），

帶露的地丁

像精靈的舌頭

舔著你的手。

村人請來的小樂隊

正在慶祝新修教堂的落成，

白色建築下面墓地敞亮。

你看見，背著木頭的

丹尼爾的叔叔，

在鐵柵欄外注視著風信子花，

他不久後的歸宿

那純粹的美

令他賞心悅目。你想起
托夢莊子的骷髏
所談及的死之樂，
靈魂無須在某個邊界等待，
或許是對鄉愁的
更有效的治療。
丹尼爾打電話來，
詢問山居近況，你告訴她，
摘越橘用的箕子已找到，
登山鞋雖笨重但很合腳。
你睡得很香，
早晨聽見門外鈴聲，
你知道，是山下
送麵包的車子來了。

***

走出倫卡樹林我看見這條
河，在奧內里冰川
和下面的大湖之間，
一個適度的緩坡，
陽光像鮭魚跳躍。

野蠻人，你在岸上跳舞的腰肢

模仿了這流水書寫的完美的Ｓ，

手掌印在天空，踢踏的火

升上標準型的岩石之塔。

一個倒過來的世界，

夠不著的影像的流動

是無窮的，似乎犰狳

和阿根廷龍仍在

河底走動。你走去。

而你知道，已經有無數世紀

在你之前，凍結在河底。

浮冰從上游漂來，

碰撞著，帶著岩漿

那種被燒焦的魯莽的熱情，

消耗著，像北方的臘祭。

我將用什麼打破這原始寂靜

或者像他們那樣用詞語去鉤

漂過來的水晶的僵屍？

你似乎聽見奧菲麗婭在唱歌

一首訣別的歌。漂，像百合……

這是可見世界的一種限制，

意義的多向折射，

而太陽的生殖之蜜

與大地之血，構成

另一條河，在另一個軀體中

不可見地流動。遠行的人

在我之前已經走遠，

在白熾的、沸揚的正午。

總不能在找到德古耶徹人的

皮筏子之前冒然走進

刺骨有如箴言的水裡去。

於是我想像放棄復仇的哈姆雷特，

登上周遊世界的大帆船，

並成為桅頂上的守望者。

雪的潔白卷軸鋪展到你腳下，

你知道這片風景是漂流的結果，

來自艾爾查登的費茨王主峰，

來自那冰河上沉睡的宮殿。

***

星星在槲寄生的刺上閃耀，溪澗像戴腳環的妖

精歡快舞蹈。山上的平緩地帶，滿樹的風想把

你兜起來，像貓頭鷹那樣俯瞰峽谷的黑暗林地

和遠處的一馬平川。披著亞麻布，移動在礫石
和流水之間，你囁嚅著：

夜鳥是宇宙的心跳，
熊熊篝火是土地的翅膀。

大山用沉默呼應你，並且知道你丟失的藏在風
的口袋裡。蟋蟀已停止鳴叫，唯一的木牌，
像拋在荒野中的十字架，指向牧羊人的小
屋——羅歇之家，因為諧音人們都叫他岩石先
生，燈光瀉在門檻和戶外的乾草堆上。（山下
小鎮。酒店。）女老闆告訴你，大雪封住了道
路，整個冬天他都不下山。一個人，只是一個
人，沒有別人。

兒童時代的雪使房屋變矮。你看見自己朝瞎子
祝庵的煙囪裡扔雪球，被那舉著鍋勺的說書先
生罵飛了帽子。就這樣，你迷信符咒與報應並
驚訝地發現，小時侯說過的話在他鄉長成了沒
藥樹。下午，你和羅歇先生坐在樹下對酌一小
杯蘭姆酒。當他的十幾隻羊全都在後山安靜地
吃草。

***

潮水舔著向晚的布列塔尼，河口上，羽翼與夜色合攏，又一條漁船出海了，從我的窗外。松樹像剛從理髮店出來的漁婦，被告別的晚霞照得面頰羞赧。一種莫名的衝動驅使我，下樓去追趕著這條船。我想起孩提時代在公路上追趕木殼長途車，每次都盼望，父親出現在從車上下來的乘客中。沒有，今天又沒有。你奔跑著，直到村莊盡頭，孤零零的界石，或大霧，每次都抑制你跑到山下腥膻的海裡去。

現在「小摩洛哥村」縮小成一塊青苔，漁船孤單的身影隱入海平線，記憶再次被浪尖打濕。對我來說，老防波堤盡頭的燈塔總意味著什麼，例如，一段荒島上的生活事件；死囚的最後一夜；一場只有忘川之水能夠解釋的訣別。等等……，起重機把油漆一新的船從碼頭釣起放入水中。一對父子（我妒忌地看著他們）忙碌著，補綴了又補綴的漁網捲起，掛在船尾；風向標輕快地轉起來了。當它平穩地駛過時，老防波堤盡頭的燈塔便頻頻招呼，一明一滅，

彷彿玻璃瓶裡的螢火蟲，那些製造著夢境的微
火。在你的枕邊，星與島浮沉。

那邊，不遠處，西部偏北的圓形洋面，新月的
犁頭翻捲起莽荒的雲海，夜色美得就像一座綠
色墳塋。入睡前總有一些細小的聲音使我不
安，鳥的啼喚，水或翅膀的拍擊。

***

　　千秋是一封長長的信
　　——已寫出的片斷：
　　雲笈或鐵函，回答著
　　為何？以及怎樣，
　　繼續這類似深夜酒吧裡
　　最後一個顧客的
　　單人紙牌遊戲。
　　信物，碑拓，模山範水，
　　紀念那些未成為一首詩
　　就已夭亡的一切：
　　監房的死寂，途中的
　　日日夜夜，朋友的背叛，

無以回報的愛，你生命中
耗費於冥想的
大部分時光。

這是一封天外來信，
像某個外星人
留在街角的塗鴉，
講著一個無人知曉的故事。
你自己的故事該怎樣去講述，
如果記憶之甕
埋在一個無人知曉的地方？
「父親，我一直在等你歸來，
我一直站在早年的山上
等待你。」總是這樣，
完成後的空虛擊中了脊椎。
雪中取火，不留足跡，
是困難的，何況肝腦塗地。

但整整一天我都在讀著
這些死亡的詩歌，
駭人的意象幾乎是恐嚇。
被放大的謊言遊戲遮蔽了

一些動作的蛛絲馬跡。

重複，被重複著。

噩夢之花，在世界的海濱

飄散糜爛的肉香。

整整一天我都聽見鬼的哭泣，

掌聲化作蝙蝠，穿過

劇場的柱廊。

***

回到那片海，藍綠色的故鄉，

回到你遙不可及的省份。

城牆上架著火炮，

貢船已駛離海灣，

古老的《山海經》中的海，

怪獸們悠閒自在，

口說人言。「震旦國東南方，

有山名曰支提。」

他們在慈航的渡輪上

手搭遮篷，尋訪到這片

預言中的土地。

聽著甘露寺的誦經聲，

虎飛過那羅岩，化身為
曬經的書僮。金丹的傳說，
紋身的木龍的傳說，
統御著那片多水的地區。
（誰若想在山中
一勞永逸地找到源頭，
誰就將無功而返。）
圍墾者的海堤企圖證明
人定勝天的古老意志。
在倭寇與海盜曾經出沒的灘塗上，
官吏們衣冠肥胖，蹭破轎簾，
討小海的疍人笑著，
腳掌淌著血，似乎從未有過
清閒的一天。

回到你的恥辱。
在燒神祇的時代，
人不過是五花大綁的木偶，
囚車沿著世界上最蜿蜒的海岸，
開往木麻黃林中的刑場。
草木含悲，落日哀慟，
鉛彈迸裂了精衛鳥的幻象，

高蹺上的巨人
仍遊行於雲中。

***

在風景與目光的頻頻交接中，
你有所發現。例如，兩滴雨珠之間
火車像口琴，吹響新的一年。

向後退去的瞬間的大地，
要求成為一個句子，隱匿於一個句子；
要求你帶上這個句子繼續旅行。

像蝸牛背上的祖國，
你帶著它直到完全依賴於它，
並相信那符咒對別人也是靈驗的。

為此朋友們從不同的地方上路了，
我們中有的已經死於途中。

***

除了旅程的終點，

　　　沒有別的終點

把你等待。寒冷磨成

閃光的鹽柱。

在火地島，「五月一日」號郵船

給囚徒們帶來了信、報紙、

嫩綠的蔬菜。正當他們

腳踩在沼澤地裡，

艱難地開路，伐木丁丁。

大雁的影子像鋼琴家的手指，

觸摸到密林中流水的心跳，

直到冰覆蓋住最後一個

雅幹人點燃的篝火。

世界盡頭的這座章魚形狀的

監獄，牢牢地

嵌入岩石的肌肉。海，

被時間鏽住的、未曾渡過的海，

侏羅紀的塗料填滿

空貝殼的眼眶。──回家，

他可能想過，但每次
一這麼想頭髮就會像脆弱的燈絲
痙攣起來。我漫步在廊道裡，
細細觀看。活板鉛字、大帆船模型、
飯盒、以及囚服上的老虎條紋。
照片上的人物，那個罪人，
目光強有力得足以熔化獸籠。
當海象擠作一團，
昂著頭，把月亮高高頂起，
我在他的眼睛裡彷彿看見，
那條沉沒的郵船還在緩緩抵近，
載著死亡國度的必需品，
被冰渣咬得傷痕累累。

信天翁從海面驚起，貼水低飛，
金屬的拍擊聲一下一下，
巨大的翅膀連綴成一道
變幻的、霧狀的浮橋，
　　　要一直鋪過
但丁回到地面的縫隙。

***

火車站，告別式。
鋼與玻璃的圓拱，
撐起一個臨時大舞臺。
在一首詩的末尾你寫道：
總是這樣，像老式列車
淹沒在排放出的霧氣中，
令人悵惘地滑出月台。
儘管大地的琴與弓
拉出的曲調不全是為了
離去的人，同歸者
卻屈指可數。夜的話語之島，
月亮漂回莽荒時代，
從頭開始久遠的敘述。

說吧，河流，
因克服羈絆而開闢出的
河床、峽谷、流域，
靜靜淌過烏托邦之境
（在韓幌的〈文苑圖〉中，
他們沉浸於燦爛河漢，

倚著芬芳的松樹，

彷彿為宇宙知音所驅策）。

如果他說：生命虛幻，

你就舉一個例子，

告訴他：愛是真實的。

在燃燒中把光灑向對方的

星星的友誼，給你

更高的範例。這意味著，

書寫可以繼續也可以

停止，如果沒有愛。

2004.11-12　法國聖納澤爾

2005.5　北京改

去帕米爾之路（三首）南疆箚記

1．莽荒的上帝讀著沙漠的盲文。

2．庫車之夜，我收到火星拍來的電報：這裡曾有水的痕跡。

3．死去的河流像扭曲的乾屍，在天空的陳列館裡。

4．語言，塵埃中的塵埃，在漫漫長路上飛揚。

5．櫂，立在船形棺前。沙海的水手，告訴我，你夢想著什麼樣的航行呢？

6．商旅的駝隊向東，向西，太陽烘烤著眉毛、鬍子和饢。

7．走。一旦躺下，你將冒著被風乾的危險。

8．從看不見的邊界到邊界，我細數那些消失了的國度。

9．有一隻蠶夢見過羅馬，或相反，羅馬夢見過一隻蠶。

10．胡楊林裡的微風：絲與瓷的諧音。

11．漢公主劉細君——烏孫國的薩福，嫁給了廣袤無邊的鄉愁。

12．在鳩摩羅什的塑像下，我想到，也許是他曉暢的譯文拯救了佛教。

13．前往長安朝觀的三大士，走著與三博士相反的路徑。

14‧設若漢武帝知道，汗血馬是一種病馬，《大宛列傳》是否將改寫？

15‧壁畫上的供養人有著細細的眉眼。

16‧佛塔──沙漠導航系統。

17‧多麼大的遺憾！甘英看見了海，卻不知是哪個海。

18‧曼佗羅花瓣──一枚枚五銖錢。

19‧玄奘講經處的頹垣，升起月牙的耳輪。

20‧在坎兒井的黑暗迷宮裡，流水尋找著明媚的葡萄園。

21‧遷徙──從梵語、吐火羅語、回鶻語到漢語；逃過戰火和千年的遺忘，《彌勒會見記》像鳳凰飛入我的視野。

22‧又一首《醉漢木卡姆》：木塞萊斯酒啊，冰冷的美人，快澆滅我對你的欲火吧！

23‧在喀什，沈葦對我說：有白楊樹的地方就會有人煙。

克孜爾三章

1

石窟如蜂房。那穿石的人是誰？
火星四濺，像羲和敲打著太陽。

水，繞過山前，它在笑，
水中有一朵蓮花在笑。

沙瑟瑟作響，呼哨來自胡楊林。
駱駝的腳，人的腳，
在起伏的沙上留下熱吻。

我在斷崖上搜尋，一個名叫
惠勒的龜茲人的題字，

那個內心朗照著佛光的匠人，
我似乎看見他的虯髯了。

2

燦爛如花，諸佛的臉，
在青金石粉和朱砂的斑駁虹彩中，

趺坐著降服了群魔。畫工裡
有一位來自敘利亞。

悉達多，怎樣的一個人！
遊歷了恐懼和疾病的眾多地獄，
善哉！當苦行結束，一隻碗，
從陌生婦人的手中遞過來。

——顫慄！這從未有人嘗過的甘甜，
像星辰、樹木與眾生的曼佗羅，
在盛滿乳糜的碗中盛開，
他走了出去，那邊就是鹿野苑。

3

千年一瞬——在佛的指尖。
經歷著剝蝕，摧毀和外國人的偷盜，
鑿痕像山的肋骨裸露著；

失去了雕像的空底座，
只能交給遊人去踐踏，
（且導遊自稱改宗者的後裔。）

更多依賴物質的人，空心人，
已陸續來到，仰起頭，
被飛天的長袖舞得頭暈目眩。

但後山的千淚泉──我聽說，
在每一個虔敬的早晨，仍將灑下
兜率天的極樂梵音。

神話，崑崙，雪

進山後下起了大雪。我們本是去看冰川的，登上高處的豁口，封存萬古的奇景再度被封存起來，突然而至的雪修改了群山的容貌，使這個神祕的區域更加神祕莫測了，邊界已不復存在。幾隻犛牛向塔松林那邊蠕動，很快就變成了雪球；烏鴉似乎為了某種徵兆而飛來，匍匐在耀眼的雪地上，誰能肯定它們不是喬裝打扮的青鳥呢？

我知道我永遠到不了崑崙山，因為作為「帝之下都」的那座山，只不過與面前的這一座有著相同的音節。雖然那兒也有河流，但環繞著的作為界河的弱水，連羽毛也不能浮起，像希臘的厲司河一樣，只有死者的幽靈能泅渡過去，開天闢地以來，據說除非有后羿之德，任何人也休想越過這深淵，進入那眾神聚居的光輝國度。

山上的懸圃足以讓巴比倫的空中花園遜色，在芬芳四溢的金枝玉葉中，生長著不死之樹。秦始皇夢想過，漢武帝夢想過，多少文人學士渴望借助祕密的修煉通達朝向它的路徑，最終都無功而返。倘若你膽敢一試，吃人的窫窳不可能放過你，何況比司芬克斯怪物更可怖的、長著虎牙的西王母呢。然而，正是對丹藥的迷狂，誕生了道教的西王母崇拜（不要忘記，「婉衿」這個溫柔的名字也是屬於她

的。）在山下的小村莊奧伊塔克，藥材鋪裡堆滿了形形色色的動物骨骼和稀有植物的花葉，給人以一種幻覺，似乎某個不死藥的配方一直在民間祕密流傳著。

神話的印記畢竟深深烙在了這片曾經被稱為鬼方的土地。我走向採玉人離去後留下的河谷，山巒向西逶迤。那個巨大的裂口或許就是憤怒的共工與顓頊大戰時撞壞的，山崩地裂的餘響彷彿還在不斷傳來；一些巨石酷似倒下的天柱的碎片，這裡那裡橫躺著。大洪水也可能就是從這個裂口沖決而出……然後，腿有點瘸的大禹來了。

2005年　歲末

手繪聖誕卡 ——給 Jacques

1

布洛涅的林妖躲在樹後面
孩子們在叫。嗨，捉住了……
輪到小弟弟站到一棵塔松下
你找不著。天真不在
它所在的地方，再說還有我呢
狗和少女異常活躍
湖水的碎鏡在小船的兩側搖晃著
野餐有噴香的火腿和葡萄酒
一朵雲落入你的眼睛
為你清點老去塞壬的白髮

2

霧中，死者的艦隊令人驚異
我們迷失於我們的同胞
和猶太人奢華的碑林
黃金導航，榮登樂土云云
——真是鬼話連篇
「保羅‧策蘭，我們來看你
像兩個徹頭徹尾的流浪漢

你生前不曾介意的，現在
也不會拒絕吧？」藍色石片
閃亮的心形；一小盆菊花
將清香供向詩人的雙足

3

感傷的、異地的耶誕節
去年肝膽相照的雪
今夜會暖和你嗎？燭光灑向
諾曼第生蠔，蒙德格伊街的甜點
話題突然停頓了。我們失蹤多年的
共同的兄弟，今夜將浪跡何方？
渾然不覺地，公園裡的小號
像一束光擠進了窗簾

2005.12.20

客中作

1

感官的喀斯特，夢的鐘乳石，
滴下心形的鄉愁物質，一個漢字的熱，
不可見的文火，烹煮你體內的暗流。

樹精在馬戲團的棚頂蹦跳。
愛笑的女房東，群擺兜滿新採的覆盆子，
請你品嚐，夏天用緯度醫治你。

2

紅松豁亮，梯子倚向火山口，
卜居者守望恩貝多克勒的天堂。
光腚的小孩子玩著疏影。

百頁窗外，赤裸的海立起來，
蒙面人躬身園中，蜜蜂向著宇宙遷徙；
甜滲出榨汁機，而墓地盛開迷迭香。

3

廣場，你走向它。軟化的瀝青
刺激小酒館和熙熙攘攘的方言，
弈棋的羊倌把皺巴巴的帽子捏在手上。

海遠遠望去像大地的補丁，
帆之蝶撲打的落日叫救世論暈旋，
獻給赫爾墨斯的小石堆點燃了晚星。

4

離開酒桶和圓舞，身披狂歡者的
節日麵粉，你觸摸這廢棄的燈塔。
遊廊裡，堤壩上，女人解開頭髮，

男人把酒杯高舉。夜的那邊，野有彷徨，
獵戶座傾斜而來。突然，一首老歌，
隱約如雨的鞭子，抽打在你的臉上。

飲者觀舞

月亮，打烊的郵局，總在對面，
寄不走的鏽住了遺忘。托盤飛旋。
酒精擊中你，並忍受你面孔上的省份，
在綠色光焰中扭動霧的腰身：
沒有渡船，詞語玩著水漂，擲出時，
一次比一次沉得更低。

你能嗎？能你就不必坐在這裡，
在不正經的起鬨者中間，口吃如沙。
馬蹄得得，地平線上走過唐‧吉訶德先生
和他的僕人，遠方遁入無名。
陷在手中，杯子的馬蹄沉默著，
一個詞騰空，同樣會發出脆響。

酒說，現在還不到時候，現在首要的
是為脫衣舞喝彩，試著抱住尖叫的欄杆，
直到她褪去吊帶襪鱗片，
芙蓉出水般，露出塞壬本色。
蠟製的海上，千年的螺殼吹起泡沫，
你攪動檸檬汁並兌著海水喝下。

不為影射而修飾，不為取寵而媚笑，
距離之技藝一如色情的手指，
與鄉愁無關：它點戳你。夜繼續著夜，
你繼續留在起伏波動的狂歡中，
剝皮抽筋。然後出去，星星一樣
攀登，從更高的地方投身火海。

北京

揚州（二首）

在大明寺喝茶

蓮葉出水的剎那變成了荷花，
那僧人的轉語似另一座樓台，
殘茶潑出揚州的黃昏。

第五泉，這淚腺還在流，
木桶裡的井水濺出天藍的碎銀，
茶葉像鑒真和尚的槳浮動。

唐朝的夢就這樣漂過東海，
抵達蓬萊與扶桑相會的地方，
但星星會死去，像匏瓜萎縮。

亭下傳來老魚吹浪的調子，
翩翩的、釋迦牟尼的弟子們，
鰭語製造著一圈圈擴大的波紋──

十萬荷花在水面觀望；
漣漪的詞句漂滿回憶的青絲，
斷藕復串起令人心碎的細節。

迷樓

観音山上，老人指點一處禪院，稱此
地曾是隋煬帝迷樓舊址，因有感。

鏡中，俯仰的螺鈿亂抖，
嬉笑又追逐，取悅著皇帝。
曲房密室洞開模擬的花燭夜。

如果獻上金枝和玉獸的人，
只為一睹運河上緩緩駛來的御船，
又何必驚異於宮苑深處的流螢？

他老了，身體的拱橋漲滿
欲望源源無盡的春水，
他抽空自己，在龐大帝國的羞處。

恨不能把天下都裝進這門牖之中，
又恐怕大限已近，遊廊太短，
且瓊花那勾魂的美也可索命。

鏡子吐出的弒者佔據了四野。

他怕的其實是自己，從某個輪迴中，

將脖子套向錦帶，茫然竦惕。

2006

西湖的晴和雨

塔中的舍利在夜晚放光，在白天
說著箴言：擺渡的人正打開一扇水之門！
曾經是禁苑的內湖洩漏了春色，
饋贈午後一場短暫的晴雨交合。

從波心吹來蠶與蛾的思鄉曲，
太陽在雲中吐絲，在水面織網，
我在你眼睛裡垂釣紅鯉魚，
上岸來呀，快接住這個耀眼的詞。

湖畔派坐著痛飲杯中的虹霓，
當風把堤上接踵的遊人熏得睡著了，
蘇小小就從墓裡出來，唱一曲：
雲破處，銷魂雨過，猶恨晴晚。

黃昏把西湖磨成最耀眼的詞，
丁香在你的髮絡間竊竊私語，竊竊私語，
你眼睛裡的魚游入我的懷中，
我取出一封信，我升上孤山頂眺望你──

岸柳像那祝英台恢復了女兒身，
披一襲青煙的婚紗飄向夜，

你的蓮藕心結在水上，你投胎為人，

領我穿過每一處祕闈重閣。

2006.5.7　巴黎

憶香山

這些葉子，秋天的蠟染，
去年我們錯過的，今年又紅了嗎？
既未見，也不能向誰去打聽，
串串風鈴鳴響的琉璃塔下，
我依稀記得，斜暉中，
寂寥的釉反照著你的臉，
那一刻的幸福在你眼中閃動。

一處舊屋，幾棵椴樹，
一匹毛髮淺淺遮住額頭的白馬，
主人不在，因而是格外安閒的。
為什麼一定要登上鬼見愁，
去等不存在的飛碟？為什麼不是
倚樹，看馬兒吃草的摸樣；
躺著，看風箏悠然的摸樣？

密林中遊人踩出條條小徑，
不堪的身影隱現其間，
我們踏入任何一條，
總會被引向更多的分岔。
凸面鏡中，我忽然看見了
另一個你，以及高秋的搖落，

或許我永不明白，為什麼
越真實的就越是模棱兩可。

撥開樹枝，京城豁然於眼前，
不經意間，腳觸到無名墳塋近旁，
落葉那寒冷的唏噓。
喜鵲像早夭者變的在草上跳，
寺鐘似乎還在聽不見的雲裡敲。
是啊，為什麼一定要登上鬼見愁？
當兩個下山的老人沒入夜色，
幻美的亭子空著，形同虛設。

2006.12

秦始皇陵的勘探

七十萬奴隸的勞作算得了什麼？
在驪山蒼翠的一側，他們挖，他們挖。
再重的巨石終比不上強秦的課稅，
撬不起的是公孫龍子的堅白論。

癡迷的考古學家在烈日下勘探，
且為我們復現出，無論過去、現在、
或將來，各種暴君的癖好：
生前的奢華，死後無限的排場。

七十萬奴隸，七十萬堆塵土。
上蔡的李斯還能到東門獵幾回兔子呢？
阿房宮固然華美，經不住一把火燒，
肉體的永存有賴於神賜的丹藥。

空曠的帝國需要一些東西來填滿，
需要堅貞的女人為遠征的夫婿而哭泣，
六國亡魂該聽得見長城轟然傾頹吧？
該知道，地獄之塔奇怪的倒椎體。

但這深處的死亡宮殿卻是有力的矩形！
在令人窒息且揣摩不透的中心，

我猜測，祖龍仍將端坐在屏風前，
等待大臣徐福從遙遠的渤海歸來。

而機關密佈中的弩矢是否仍能射殺？
躬著身，模擬百川和大海的水銀，
柔軟且安詳地熟睡著，一朝醒來，
會不會吐出千年的蛇信齧咬我們？

隔著木然的兵馬俑，在相鄰的坑道裡，
殉葬的宮女和匠人吸進了最後一口空氣。
封墓的瞬間，透過逆光，他幾乎看見
一隻側身的燕子逃過了滅頂之災。

2007.2

水晶貔貅
——給馬僮

帶著這小獸
這紫綠色水晶的吉祥物
像游方僧和他的老虎
攜行於未卜的國度
血的足跡沒入荊棘叢

帶著它身上的民間傳說
讓那逃離王位的龍之子
來做我游魂的夥伴
如夢中的浮標，當風起海上
穩住我徵兆的獨木舟
如一個來自火成岩的咒語
不怕它被擲回到火中

帶著它綠絨的柔毛下
紫的心跳，禮花狀雲紋的奔跑
擅長撕裂的爪合著我的節拍
帶著它尾巴的旌旗
——你的紅絲線繫住了我的心
直到 S 地——以它的勇武
嚇跑路上的魑魅魍魎

一個拉薩女人

世界無非是這條街。正午，格薩爾王的馬鬃
像雲朵飄動。手在轉經筒上感覺到
胎息的熱量。霧升上來淹沒她。

男人們需要逸事，趺坐誦經，喝酥油茶，
談起從前宮中的祕聞。白頭翁閃閃爍爍。
拉薩河，祖母的河，禱歌悠長。

我從未去過拉薩，但我看見她，
懷裡揣著那包鹽，走在回家的路上。
風撩起蒙昧的捲髮吻她的脖頸。

每一個山峰都是神，誰能說它們不是
神？正如耳環、家庭的成員、
她信仰的基礎，誰能說不是生來如此？

我的想像不會比她身上金色的汗毛更真實，
不敷眩筆，或添枝加葉。當鹽在鍋中劈啪作響，
禿鷲也已清理完死者的腑臟。

2007.3　改舊作

父親的遷徙

他們找不到你。在當年草草埋葬你的山岡，
風布好了迷魂陣，那片故土在漂移。
長得過於茂盛的蕨像夢中的植物，
拉扯下午的陰影。我們沿溪谷，緩緩走上來，
帶著被抹去標誌的記憶的黑地圖，
緊隨氣喘吁吁的收屍人。

你躺在那些肥碩葉子的大氅下，
在死的庇護下你躲得很嚴實。
答應我們，父親，出來吧。再也不用捉迷藏了。
你的紐扣像白堊紀的小海貝──
這家族的聖物也被小心安放在甕中。
現在，我們讓你再度遷徙，
飛行在迫害者的笑聲夠不著的地方。

2007.4　清明節

海棠花下

——悼吳小龍

如此，你鬆開自己，
像一個澈底的隱逸派，
走入人群中，成為其中一員，
好讓愛你的認不出你。
笑傲間，越阡度陌，
眉眼的朝霞
映現西山。

多少細節充滿
危險夏日的警示，
昔日皇家園囿中
孤獨的散步者，枕邊、燈下，
翻破一本詭奇的野史。
你漫長的寂寞調配著
遁跡的丹藥與山水，
直到再一次，
雞鳴不已。

直到海棠的黑枝椏，
抖落夕照刺繡的一個墳字。
你在溫暖的雪被下醒來，
想起有一場花事尚未如期，

有一個少年中國，
隔著你愛恨交集的書生夢，
在月圓之前
只筮得明夷卦象。

詩賦的早年，
遠在福州。
一個是你又不是你的人，
走過林則徐故宅
和烏山斜塔，
來到閩江邊看白鷳，
脫口道：「淩波仙子招我魂」，
那讖語的火能融冰，直抵花下
你死後的風流。

2007.12.19　北京

記夢之一

父親的命運變成我的。
在戰爭中，但不知是什麼戰爭，
我做了俘虜，被帶往一座橋，
將充當業餘射擊手的活靶子。
那人出現了，橫端著卡賓槍。
出於恐懼，或逃生的本能，
我從橋上往下跳。下面：深不見底。
時間一秒一秒地過去，
像電影《仇恨》中的主人公，
我重複默念著那句臺詞：
目前為止，一切都還好。
目前為止，一切都還好。
直到身體接觸到柔軟的地面……
我沒死。多麼值得慶幸啊！
竟然以這樣的方式得到了赦免。
但就在此時一顆子彈從另一桿槍中射出，
並擊中了我。五內俱裂。像一個死者，
我從可怕的絕境中醒了過來。
爸爸，1977年夏天我的無知和膽怯，
今天您已經原諒了嗎？
不久，我就要活過您的年齡，
這個夢的奧義請昭示給我。

2008.2.13

無語

一片瓦礫就能置人於死地

五彩的地震雲美過虹霓，像謊言製造者

願望中最小的，逗留在咽喉

那個鑽石形狀的詞被剎那所掩埋

遺恨在黑暗中睜著眼，守候沒有的蒼天

另一些人趕來，呼叫，找尋，挖掘

在相隔著一座淚橋的距離內

悲愴的招魂總括為一句：「嬌兒，你在哪裡？」

他就這麼走著，從廢墟到廢墟

穿著白色的苦難，或許已經精神失常

而附近，一個死去的母親用最後的乳汁

運送她來自另一個世界的愛

嬰孩獲救了，代表新人類活了下來

2008.5.21

遺忘

1

日暑。頭顱。誰退藏於密？
誰的儀表畫出虛妄的圓弧？
你眼睛的祭壇深陷著
在未來某個龐大建築的對面

彗星落向木樨地時
倘若我是你，你或許就是他：一個尾數
她最後的回首穿過了
呦呦鹿鳴

2

雪的諧音噴湧
花，無痛地綻放
一朵催開了死亡的非花
是真的。它攀上了你的名字

痙攣的灌木下
道具般的腳趾塗著螢火蟲的黑鹽

也是這麼被抬走了
像極了新近地震中的場面

3

噴槍那閃電節奏的火舌
吻遍嬌嫩的臉。清晨的水龍頭
把夜的灰燼灌溉了又灌溉
結痂的將長成石筍，在心臟部位

一個失蹤者走來，一個失蹤太久的
失蹤者，瘦長的手臂像唐・吉訶德
讀秒的時間到了。你來讀，像秒針一樣讀
履帶的嘎嘎聲裡是什麼已對峙了千年？

2008.6.4

同里或暮年

在同里，我不做異鄉人
我獨自走過的子午圈
變成一把裁縫手中的卷尺
為我裁一襲本地綢衣
我的詩也將奪胎換骨
並與小橋流水葉韻

月令中的每一場穀雨
都下在南園和西窗
像羞澀的崑曲，或蠶食桑葉
晨炊多美啊，尤其是雨中的晨炊
我將聞雞起舞，並戒掉空想
以及東山高臥的習慣

起居與老街的商業都很適度
一隻梅瓶的細頸適度地彎曲
木屐敲打青石黃昏，私訂終生的祕密
孵化著因災變而遲放的牡丹
看風景的人像豆子一樣渺小
移動卷軸中的青綠山水

茶社裡烹煮的國事正酣

朝代可以更換，清議則不可

三月在戲臺上緊鑼密鼓

讀罷新詩，讓穿心巷穿過我

來到湖上。羅星洲收攏大群蒼鷺

一個漁父在舟中回望著古鎮

在同裡，我不做異鄉人

閉口不談昔日的遠遊

繞道衙門去造訪一隻蟋蟀

寺鐘響時念起友人的問候

我每日關心的無非是這些小事

一粒微雕的米或一行詩

2008.8

流水

別再說起鐘錶或溫度計

向岩石榨取蜜或果汁

一朵謊花，開在太空

招惹眾星羞惱

我的翹楚是滿園枯山水

密封艙是另一座礦井

廢墟是橋，通向詞的深淵

松鼠捉住滾過來的一枚松塔

敲打侏羅紀的無邊乾燥

走在街上的數字做著集體的淫夢

風乍起，最後的蕨類上的霜

玲瓏，細小，在邊緣蠕動

死亡加速著反應堆

我要求一隻槳，划過

這劫灰的流水帳

2008.10.11

青海

圓形石堆上紮著經幡，

每一個山頂都戴著相同的王冠，

還有更多的山頂，雪退到了看不見的縫隙中。

火車上的睡眠綿延向可可西里，

一隻鳥掉落進沙棘叢，

黃河，泛起膽汁的亮光，

轉過一個大灣，流向落日。

幾個扛著羊皮筏子的人

瑟瑟路旁，對岸是夜。

2008.10.13

題畫詩：古觀象臺

一枚針擠入宇宙的檀中穴，
白虎的步容柔韌在西嶽，
朱雀拖著尾翼度過城門與樹冠，
我們從未聽見它極樂的歌唱。

耶穌會士在高高的樓臺上，
擺弄渾圓的、蟠龍的儀器，
計算著歲差，
中國式鬍子迎風翹起。

韃靼人的馬本不必越過熱河，
集結，去征服江南。好男兒，
御射之後安靜地回到軒窗前，
默念那卜辭：邦君得年，小夫四成。

詩

恰如你所看到的：

漁夫合力拉網，把沉甸甸的飢餓

拉出水面，正當晚霞透進廚房，

染紅新鋪的桌布和妻子們

向外張望的臉頰。魚網在升高，

重量在下墜，人與大海

彷彿在為永恆而拔河。

一尾卡在網眼上的魚──

瞧，它扭動著腰身，

它掙脫了絞索，

它把水珠像彩虹一樣甩向地平線。

（大海在下方重新彌合）

這倖存者，無論你還是漁夫，

都不曾看見它丟失的鱗片。

2009.5.29

去年的流水帳

一年之間，它來去自如。
我們聽說，一些禁止說出的字，
被勤勉的黑廚師製成了菜肴，
在我們的餐桌上頻頻傳遞。
而甘美如迷幻藥的佐料，
採集自聞所未聞的星球。

怎樣的凶年，我們熬過了
駭人的天災人禍。推背圖中的雪
從盲人的眼睛裡落下來，
南方的群山穿上金縷玉衣，
在冰床上漂移，狗在斷電的夜裡失聲，
水泵的吼叫深埋於礦井。

一個嬰兒在佛羅里達龍捲風中倖存，
剛得到祝福，更多的人就忽然失蹤。
緊接著海嘯從緬甸登陸，
向北是四川那綿延的崇山峻嶺。
白晝如此寂靜，打盹的小男生夢見，
月一樣輕的鐵環，滾過自家的屋頂。

大陸板塊向著人的肋骨錯動，
一座巨大的公墓飛來，撞在山坡上。
我們注意著天氣的變化，屏息等待
看不見的手指把紊亂的指針撥正；
請出古老的咒語：土歸其宅，水歸其壑，
叫分開的山脊隨我們的心意彌合。

自願者從全世界湧來，愛軟著陸，
在恨的心間。攙扶著，緊隨著──
大汗淋漓的搜救犬，彷彿在為
更大的災難演習。而合著哀樂的節拍，
有人繼續行騙；有人在牛奶裡悄悄放毒；
絕望地，股市的撒旦墜回到地獄中。

2009.5

三個招魂者

之一

是時候了，回來吧。回到這
你生長過的城市，你熟悉的城市。
像燕子和失蹤的貓那樣，
靈魂的定位系統將把你帶回到家中。
又一年，我和你父親坐在餐桌旁，
信任著斗狀的七顆星和永恆的輪迴，
等待你，從燃燒著晚霞的胡同口，
張開鈴聲的小翅膀，
震顫我們的耳鼓。

之二

起初我用撲克牌和硬幣占卜，
請求陌生的碟仙捎話給你，
看瘋瘋癲癲的女巫在沙上寫你的名字，
但在所有的徵象中都沒有你的身影；
後來我做了尼姑，在妙峰山的岩石下
獨坐冥想，再次陷入思念的悲傷。
一隻小松鼠出來看著我，
似乎想告訴我它所知道的。

滿樹皆響，是你站在樹後面嗎？
出來吧，親愛的，別再躲著我！

之三

不記得多少回了，我爬上屋頂，
向西呼喊，向東呼喊，向北呼喊，
用家鄉的方言呼喚你。
儘管又老又瞎，我的雙耳敏銳：
回聲追逐著回聲，直到遙遠的鬼城。
歸來吧孩子，異鄉不可久留，
榮譽和知識都不可寄託。
快快啟程呀，作為我的回聲歸來！
我手中的艾草將為你驅邪辟害，
南山的澗水已照亮你家的門楣。

2009.6.4-5

蕉城：1970年

苦悶的海峽。颱風的最高指示一次次登陸。
高音喇叭取代月亮，向天空宣講鬥爭的哲學。
龍眼樹像一些瞎子，站在低矮的山岡上，
什麼也不指望。螃蟹吐著泡沫，
依舊生活在史前的莽荒中。
疍人的小木屋倚靠著黑暗的灘塗。

我十一歲，長著鄉村蛾子的臉，
一頭木麻黃的亂髮。在一枚撿到的金色
彈殼上吹奏義勇軍進行曲和紅色少年之歌。
我記得湧向郊外觀看行刑的人群，
洩洪般相互踩踏的人群，帶著狂喜的表情，
比防空演習更不要命地奔跑著。

我記得那些夏夜，無盡的街頭遊蕩。
有人指控我（當然是向我父母）
為了一部樣板戲而翻牆進入了人民劇場
——居然沒有買票！大人潑水消暑；
兒童們在巷子裡學習怎樣「坐飛機」。
我缺乏證據，但我知道
我父母的戰友中間，必然有一個告密者。

他穿著運動鞋，像一個矯健的體育老師，
他盯著我，靠近我，突然指甲比蚱蜢更快地彈起，
彈向我額頭上憂鬱的青春痘。

2009.6.16

在肇源

一枚猛獁的牙齒厚過一個熨斗。
無論如何，你不可能復原，
它小山脊般健壯的肌肉組織，
它轟然坍倒的聲響。
只不過是巧合，修建碼頭時，
人們又從淤泥中挖出了
長角批毛犀和王氏水牛的
完整骨骼。

它們立在大廳裡，
像兩塊黑磁鐵，
四蹄抓住松嫩平原。

一萬五千年以來發生了什麼
──在兩次隕石雨的間隙裡？

假如有靈視，我將越阡度陌看到：
穿樺皮的人手舉冰鑽，吵吵嚷嚷，
從白金堡山湧到江上去採冰；
或許我能騎上一尾大鯰魚，
正當游牧的郭爾羅斯部族，

第一次學會讓魚叉
在濕地上空飛過。

恰如此刻，我的目光追隨一隻綠眼鷹，
向著出河店——
完顏阿骨打擊潰遼軍的
狹窄地帶俯衝而下。

右邊是雨中渾濁的、野性的嫩江，
左邊：油田的鐵製恐龍在
靜靜抽穗的玉米地裡閃閃發亮。

無遮攔的古戰場匍匐在天空下，
歡快的豬拱出泥濘的村莊。
回望處，閃電把一顆瞬間之樹，
植入雲層下方鈣化的黑土。

2009.7.18

日全食

面具發出糖紙的聲音。
流言，像希臘人擲出的鐵餅
飛旋，向著你的臉。

你吃下它的陰影，並將
偷走了不死藥的婦人
攬入懷中。

復活的夜叉
在火山模槽裡
澆鑄王冠。

鑽石一閃，羿的箭簇
墜入東井。緩緩地，
你將轉換的靈機吐進她的內心。

天狗沉默著。
下面，憫憫的人的狂呼
牽引著錢江潮。

2009.7.23

北京──大理

口信

如果明天，黑色艦隊從我的眼睛登陸
請在夢中為鴿子鋪好床
並囑咐它把眼睛轉向東方

如果我化身犰狳，從侏羅紀趕來救火
請讚美用撥火棍款待它的人

如果我結結巴巴像石頭
在寒冷的高地睡去
你要靈巧如流水，用一支歌把我淹沒

如果地球的聾耳朵在閃電的神經末梢
聽不見情人們悲傷的低語
請對他們說：要麼守著銀河示眾
要麼像海蛞蝓，自由地蜷曲

如果綠衣人按響了門鈴，你要祝福他
數到七，我就從彩虹裡面出來

2010

用詩占卜

用一個被棄絕的詞
從兇手那裡奪回的詞
顛倒卦象
雙手握住最下面那個爻
讓它動起來

將要來臨的，我們知道你

廣袤的夜，廣袤的無名
你，異鄉者，隕石形狀的人
站在初地的邊沿，如在十地
那裡一座艮山
刺破大氣層
一粒精子前來做客
進入橐籥

你召喚燈蛾，你召喚死者
你掘一口通向鹽池的井
你敲打恐龍蛋，從中
取出一封來自玄武紀的信
讀吧，讀給我們聽

我們知道
那結痂的祥瑞也是你的

用一個瘖啞的詞
盛放你的聲音
把它拌入黏土，敷在傷口上
把星座的咒語也拌進去
眼睛的網所洩漏的
我們收在心的葫蘆裡

你，異鄉者，為我們占卜！

獻給瑪呢堆的小石片

拜謁了塔爾寺，湛藍的清真寺

撒拉人神祕的古蘭經抄本

聆聽了裕固族少女山雀般的歌喉

品嚐了清水灣一只梨子的高原滋味

仍然有什麼在雲中召喚

為此我們去攀登一座小山

似乎這樣就能追上季節飛轉的法輪

小徑穿越針葉林，領我們來到雪線附近

作為向眾多山神的致敬

沿途有朝聖者堆起的小石堆

像祕儀中的暗號、荒野的聖火

相距邈遠，彼此呼應著

從這條也許只有雪豹踏過的大阪爬上來

第一次，我俯瞰了澄澈的黃河

震懾於來自河源的傳說。我沒有忘記

把一枚小石片輕放在瑪呢堆上面

連接始於一聲清脆的聲響

那石頭和石頭的碰撞，像陌生人

用方言進行的試探性交談

2010.7

噫吁嚱！一個行者——致昌耀

你聽著太陽蜂窩的聲息
入夜時河與潰匯合的聲息
你手持圭狀木棍，像一個豎亥或大章
行走在鹽與硫磺的地區
流沙中露出古陶罐的雙耳
吹著骷髏的空穴來風

海市蜃樓為你開啟天街的拱門
魔鬼城的紅舌頭把恐懼許配給你
土碉堡裡的隱形人邀你同飲
最小的湖仙要用雙乳做你的暖爐
帶你飛渡弱水，扶搖直上

虛空復虛空，塵埃和野馬的遠鄉
有金冠輝耀於萬仞山的巔頂
而下面，螻蟻疾走於青塚之丘
某個死，美麗如一位判官
等你在歧路口，且備好了
來世的饗宴與笙歌

你走著，不為所動。當你迷路
大荒西經中的珍禽異獸就出來

做你貞吉的嚮導。銷魂地，當你瞥見

一首詩──那稀薄空氣裡的暗香

渴意就化作一片梅子林

你貧窮，你消瘦如一竿竹

走著向上與向下的同一條命途

噫吁嚱！一個行者

噫吁嚱！鴻蒙的過客

今夕何夕？卡日曲的鳴泉朝你逶迤而來

你在月下洗著，赤條條地洗著

陶醉於雪水中骨骼的琤琤

2010.7

策蘭的控訴

那遭遣的更強壯了
貓鳴鳴叫，搶奪著地盤
夜梟控制我們的睡眠
但不負責我們的生死
釘子般的眼神遙遠又冷淡
我們睡，像獼猴桃和麝鼠
睡在多汁的囊裡

霧飄來遮住我們
雪溫暖而無垠
城市得了腦癱症，記不清
稱王的是烏鴉還是那黑臉的人
睡眠中我們把什麼都忘乾淨
不指望垂老的鐘錶匠來憐憫
瞧，那從未造訪過我們的
繞過柵欄，走向了別處

星星的火刑堆多浩大
堆在我們做愛的床上
相擁時我們看見海的圓盤裡
所有指針都抑制不住亂抖
——從下面浮出殉情者的頭

我們把心放在家國的天平上
狼卻跑來叼走了
我們迎向收割者，我們已熟透
血的翅膀嘩嘩作響
而且能夠趨光

2010.12.14

密封艙的遠程報告

我被送入宇宙，在你夢的頂端

跋涉過多少不可能的雲山

我忍受著從嘴邊飄走的星辰

忍受你，傷口般的眼睛綻開的奇葩

黑暗部落的酋長要給夜加冕

河流要退回到時間之前的一滴水

跟隨咒語跳進我的葫蘆裡來吧，我穩住樂

著陸在你大如海床的心間

2011.2

當所有預警系統失靈

1

三月，信使號在天上趕路
剛剛抵達美麗的水星
萬有引力的重錘
就敲響了海底的喪鐘
月亮忽大忽小，水母般不測
誰能說發生的僅是一場巧合？
當所有預警系統失靈

2

巨獸從海上來，趕赴劫難
驚恐的櫻花推遲了開放
死亡攀升著眼淚的樓梯
拯救依舊憋在雪中

沉默的傷口張大了嘴
怕冷似的骨朵簇擁在一起
去年的簪花人
被遺棄在呼喊的聲音之外

馨香，哦馨香
在死者臉上死去

3

廢墟——最糟糕的一瞬
苦果——無可挽回地爆炸
在崩塌中一切都變成了刀刃
凡有重量的皆墜向深淵
你下沉中的嘴
編織了一張網
被無常用來打撈絕望

4

空氣戴上防毒面具
泥土和水也戴上了
這不是春天，這是墳墓！
看啊，避難所裡人滿為患

看啊，核電站的黑水與白煙
載蠕載婑，左右逢源

嘲笑著地球──那囚禁魔王的瓶子
打開了，卻沒有一隻手能把它關上

5

當所有預警系統失靈
鯨魚從傾覆的捕鯨船邊潛回了深海
一隻蜜蜂正出發去福島
細小聲音的祈禱聽也聽不見
反輻射的蜜在它體內釀造
飛吧，蜜蜂，朝末日相反的方向飛
越過錯亂的磁場裡錯亂的山水
把你的技藝傳授給人類

2011.4.6

祝英台近 ──為馬僮的生日而作

野鴨三兩隻，牽動柳絲與春色
新燕投遞來一個舊址
邀約我們在呢喃中留下
四月像綠度母的一個眼神
從我們走過的地方回過頭來張望

歲月悠悠，我仍在橋的這一岸等你
而另一個你，手捧著山茱萸
正夢著江南某個郊外的青山一脈
像手牽手的年華
起伏又逶迤，深藏起
前世的足音與呼吸

一個你，用誓言的鳥翅搭橋
一個我，在京瀋線上往返
一個你，陷在沙發裡編織未來的彩虹
一個我，醉心於芬芳的辭氣

一年中最明媚的一日
在那一連串叮噹響的星光逝去之後
我仍然要問：那把宇宙

和短暫的我們貫穿起來的

是年年不變的流水嗎？

2011.4.7

致米沃什

在你離去的這些年裡，
世界依舊是老樣子，
只是地球明顯地變得不可捉摸，
災難像懲罰，從天上、地下或海裡
降臨到人們的餐桌上。
我重讀你的詩，你那被逐者的哲人口吻
像來自立陶宛的泉湧，不知疲倦，
那滋養過你的通過你又滋養了別人，
猶如太一生水，水生木，木生火。
而此刻正在燃燒的火，請告訴我
能否誕生一個新的更美的星球？
那裡沒有祕密員警和住在大腦裡的檢查制度，
沒有破碎的城市□，衰敗的鄉村，
放下干戈舉起船槳的人，
手臂鼓脹著仁慈的力量和美，
遊蕩在心之山守護的幽谷中。

是的，所有的河流都該流向秩序與財富。
但在我的家鄉，它們或變細，
或被攔腰截斷，或恥辱地死去，
像在沙漠中風乾的藍蜥蜴。
我不知道，如今你安眠的地方有沒有

一條小溪流過，好讓你平靜地眺望，
好讓順流而下的人能在地圖上找到
你讚美過的一片樹葉、一顆石子、
或某個婦女臉上翹起的一圈眼睫毛。
你純潔大度的言辭□讓我相信
在你想像的至福國度裡，沒有一條河流會消逝。
其中最神奇的一條：阿爾菲河，
據說，消失在大海之後
又在另一塊陸地上再度湧現。
你的聲音也是這樣，穿過暗夜，
在不可預料之岸激起了久久的迴響。

2011.6.29　米沃什百年誕辰前日

注：□□均引自米沃什的詩

驅魔

儀式在進行，在捲髮的旅行者與
年老色衰的印第安女祭司之間。
祕魯，奧利昂泰要塞像孔雀開屏。
看，她們來了，美麗的膜拜者，
準備好羞愧，趕跑虛榮，
踩滅慾火，額頭迎向嗡嗡響的牛虻。

圍坐成一圈，髮絲微捲，
眼睛藍如宇宙。當一個人心動，
大家的心都跟著怦怦亂動；
廢墟的石圈環繞在周圍，
烏魯班巴河環繞在石圈的周圍，
當太陽移位，每個人的影子就跟著移位。

靈龜不動，背負大山的寂靜，
一個神手指一隻羊駝，把它變成了蝴蝶。
從祭司的瓶中逸出口吐箴言的彩虹：
「回到家，愛之門將為你們敞開，
你們的額頭將在睡眠中發亮，像極光，
而施過咒的都將變硬變冷」

2011.8　改舊作

雪夜訪戴

什麼東西才不是怪癖？
像夜裡突降的雪和一個念頭？

我被驚醒，喝了酒，
左思的詩讓我想起了一位隱士。

解下纜繩已是四望皎然了，
剡縣那邊是否也是大雪壓境？

而在山陰，夏天起我們就熱烈地談論玄學，
靠在几上，滔滔不絕，直至天亮。

剡溪啊，自從我第一次試你的水溫，
你就流在自己清冽的節奏裡，

但願我的小船像梭子，在你的綢緞上
滑得輕快，和著你的節奏。

萬籟中只有雪，簌簌落在千山，
很快，白眉毛就要把我打扮成一個漁父了。

我的朋友，願你今夜睡得安穩，
像心愛的書卷攤放著自己。

你若是夢見山中的仙女，
我豈不是那個與你並肩而行的人？

隴上熹微照積雪，放下槳的我，
為何像前朝的傳令官那樣興高采烈呢？

你的茅屋外還沒有行人，
我多想叩開你的門，大喊一聲：

「安道，是子猷來了」。哦，除了雪意
我並沒有什麼好消息帶來給你。

算了吧，我這就掉棹返回了。
我來看你，又何必用召喚驚擾你呢？

2011

在白樺林邊——紀念艾基

流向邊境的河
流過罌粟與牛蒡的小站

積雪上面，梅花型蹄印閃著幽藍
消失在沼澤地裡

有一種高秋壓低了浮雲
一排排房屋貼著山谷

奶瓶碰撞的聲音穿越白樺林
我知道那聲音也來自你的童年

通過你，「瑟瑟響」變成
詞語的教堂——不斷地吹拂

而在我們這裡，登上瞭望塔的人
肉眼只滿足於可見性

似乎黃昏的酸澀
來自一捧捧刺五加

溫暖的煙囪，下面是凍土
埋著──窮人的笑──不為人知

似乎恐懼從未襲擊過一隻熊膽
四處，生存散落如野菊的花粉

而我多渴望這時你走來，手裡拿著
一束麥穗，咕噥著，像一位神農氏

返回林邊的汽車坐在我們中間
白樺閃耀。是你嗎？

天賜湖

隕石把天外的火帶來，葬在這碩大的坑中，
接著出現了湖。他們告訴我，真理也曾是一團
盲目的火，墜落時會在周圍留下灼痕。

之後有漣漪，之後沒有見證者。

它可能來自火星或更遠的天狼星
　（最近我注意到那異常活躍的光在偏北方向不停地
　　　拋撒），
繞過北極圈，一路南來。不可測度的燈蛾，
在不可測度的剎那照亮了整個五花山。

稠密的紅松林
倒立湖中。影子在挖掘；
億兆松針織著地面的寂靜。
一枚小石子在我的掌心微微發燙。

2011.10.7

秋聲賦

綿延的小興安嶺，向著俄羅斯

秋天給我一小勺蜜，我把它放回林中

儲存在矢車菊的記憶裡——

小黑熊晃來晃去到底是為了什麼？

垂雲扯著秋天大馬戲團的帳篷

鑼鼓喧天，從五營一路奔向滿洲里

靜謐，你編織的網可以用來獻祭

鄂倫春人，你的魚皮衣被什麼劃破了？

老虎避開我們，返回鬆軟的棲息地

蟲鳴將給它加冕，在落日金黃的宮殿

樹脂什麼時候凝成藍色的琥珀

在腐殖土中，在煤層的錐形塔裡

直到在你的脖頸上微微閃光？

松針向左、向右旋轉，鬼針草的鉤子

潛伏著，等待著一個莽撞的影子

湖的留聲機，向田鼠播放一支催眠曲

但它不想睡，它掰開甜包穀，用尖牙啃著

像一位笨拙的、幸福的隱士

因為愛，透明的、螞蚱的內翅展開

如雨的拍擊聲打在細密的葉脈上

我駐足，我傾聽，我越過蜘蛛的陷阱

林中，我要拜訪的人還沒有回來

沉重的松果懸在窗外，裝飾著枝頭
一個遼金時代的銅馬墜子掛在門上
我搖響那鈴鐺，我驚擾了梅花鹿
並嚇跑一群貪吃五味子果的夜鶇
你們，死去的蛾子，一封封夏天的來信
貼在玻璃燈罩上，似乎還在往裡擠
無人能規勸那一聲「啪」裡的犧牲
「啪」的訣別，難道一點也不疼？

棲隱篇

土是淨土，水如銀

大地休息在收割後的靜謐中

白晝的光在雲中築巢，翩翩其羽

天上的靈芝在聽：翩翩翩

有一朵，唯一的一朵能起死回生

採藥人吐納彩霞，沐浴著甘露

獨自返回崖邊的棚屋，與蝙蝠為友

這有巢氏的後裔發誓，終其一生不入城市

鼴鼠從地下迷宮出來張望

人之境，臨近雲海與瀑布的奇境

野兔耳朵尖尖，引來桂花香

童子無事，曬書青石的門前

聽澗水緩緩匯入池塘的水

聚藏，反光，回轉，哪裡也不流逝

百靈鳥的巧舌上滴落的歌為早晨加冕

圍著爐灶，像一個烹調師

在火中的精魂凝結成真丹以前

九宮圖，井圈磨著多少崩潰的耐心

一如遙遠磨著行人日增的寂寞

一次次，失敗的珠串無聲地蹦裂

偃月窺看他內熱的腑臟

卻不把他的瘋狂遞送

在門樞的轉動中青山老去

芳草的氣味年年彌漫

一個激烈的時代過去了

仗劍的少年游依稀遠在辰極

比參鬚更長的眉毛垂下

繞著那爐子，向灶裡添柴

廣陵散

我曾像神仙一樣生活，在幽靜的竹林。
我採藥，鑽研音樂與長生不老術，
我和朋友之間關於玄學的辯難，
影響了一個時代的風尚。

僭越者既不讀書又不激賞手藝，
整日價只在對手的噩夢裡廝殺，
隨時準備踩著人肉的台階登基，
究竟是什麼蛇蠍盤踞在他的心底？

沒有人對行將就木的事物說不，
昔日英才與弄臣共舞，
就如同在石崇的華宴上雲集，
看美人被斬，以酒的名義。

我知道謠言將激怒一頂王冠，
我的辯護不為自己而是給了無辜者。
當著鍾會的面，我自打鐵，又能怎樣？
讓告密的領賞去，祝他逃得比災星還快。

是的，我給呂巽寫了絕交書，
死後仍將繼續絕交，

如果他終生沒有一次悔悟的話；
至於山濤，我與他對道的理解有所不同。

太學生，請告訴阮籍，來生我還要與他一道
飲酒，長嘯，醉了像一座玉山傾頹，
醒來將養生進行到底，談玄時
叫二流人物中的一流也插不上嘴。

孫登，似乎為了驗證你預言的精確，
我被帶到東市。三千人的請願
也改變不了他們殺戮的決心。
我，嵇康，惟欠一死，又能怎樣？

洛水湛湛，日影中的烏鴉嚷嚷，
冒充卜疑的貞父，落滿了城樓。
死亡那最美的、莫須有的音樂，
把我的骨頭像花燭一樣越燒越旺了。

仰頭飲盡──從劊子手手中接過的酒，
現在，就是現在，拿我的琴來！
我要彈奏一曲〈廣陵散〉，
我要為千古之後製造一個絕響。

目送歸鴻，手揮五弦，
今日我果真要遠遊南溟了嗎？
袁孝尼啊，昭氏也不能讓五音同時，
我沒有教給你的，命運終將啟示予你。

2012

彌留
——為紀念張棗而作

1

甕形的孤舟，從
眼睛裡的萬水千山而來，
化成灰的心，你的歸心，
在地球的那一面跳著。
痛，我們曾談及的，
居住在裡面。
痛也要燒成灰，宇宙灰。

來了，它也來了，
攜帶著脈衝的白矮星，
藍光隱隱，箭步走來。
那脈衝像打了結的繩子，一圈套一圈，
從蟹狀星雲拋下。

別伸手去接！

當催眠師烏賊般逃之夭夭，
我請求你從慣性中轉過身，
轉向荷爾德林塔。

那邊，在雪中，繞過黑森林，
你祕密的讀書處；
繞過橋墩、塔影，一面
你曾給它戴上墨鏡的盲牆；
更遠些，繞過一座被絞殺的
鐘，夕照的信號燈一閃，你就知道
歸途已泊在眉睫之前。

你欠身，看了看周圍，四大皆空。
鏡子般滿意於歸還
千秋雪、萬古愁。
我聽見你，空白爺，
隱身於甕中，
朝忙碌的波心打了個響指。

2

電話鈴響起，像叫魂。
「喂，什麼？是我死了？
不該這樣讓死亡猜謎？
更不該把痛苦浪費在乙醚中？」
你心想，原來彌留就是這樣的啊，

原來太上感應的那隻
搬運惚恍的蝴蝶，
就是鼓盆而歌的莊子。

與醉一樣，你戒掉的夢
開始朝你的床邊集結，攀登你
呼吸的雲梯──它孤懸於上面
那浩渺無極的兜率天。那兒，
你在等待某個酋長摸樣的權威
從環狀幽光中走出，
用不痛的月亮為你加冕。

多少銷魂，多少恨，
你命名過、讚美過，
以詩歌的名義調遣過的遠方，
為你搭起淚虹之門。
而窗前，痛的歌隊偃旗息鼓，
空酒瓶般默立。
萬里之外，有人在山中撞響了晨鐘，
有人遇見你、艄公、職業咳嗽家，
邊打招呼，邊走向渡口。

此時一隻鶴呼喚你擺渡到對岸：
「慢點，慢點，朝向這邊」
她深情款款的一瞥讓你認出她
——前來接你的、
化脈衝為元氣的巫陽，
騎著雲的老虎。

     你跟上她。

看啊，乳名般親密的下界，
橘子洲頭
正憋著另一場雪呢。

        2012

中元節。雙虹升上洱海

半個天空燃燒，
就為了這噴薄的好客之甜，
在目擊者的眼睛裡
織出兩匹錦緞。
壯哉，金子的盟誓，
橫貫高原湖泊的上空，
如獨龍族婦人的臉，
烙著紋飾，
笑吟吟，出來迎迓。

我們站在緩坡上，
在藍桉的香氣裡，
背對逝者的船型塚，
和吞雲吐霧的蒼山。

我們邁向那雙重的拱門。

下面，煙草地開著小白花，
水在引水渠裡汩汩地流。
瀕臨滅絕的弓魚接受了一個
長著鴨蹼的夜叉的祝福，

入夜以前，
一隻山羊將要被宰殺。

本主廟裡，相貌堂堂的人物，
紅臉的泥人，
彎彎的兩道眉會說預言，
會為我們禳災。
蟋蟀的口弦撥弄著
陰陽兩界的複調，
彈出草叢。
你們，下凡的兩姐妹，
迎面撞見手捧祭品的鄉人
和初來乍到的卜居者。

你們也為逝者搭起了回家的橋。

2012

荒島紀事

它返回了，九月的災難信使
戴著日環食花冠
失血的面具
從一座荒島來
坐在對面，與你一道
痛飲記憶的黑果汁
它為你把脈，好讓你聽見
玻璃房裡盲目的海嘯

它騎著一匹野馬闖入街市
——似曾相識的縱火
——久違了的標語！
它抬出透明水晶裡的獨裁者：
那面色紅潤，且石榴一樣多子的
暢遊在木偶人的腦髓裡

你打量它的睫毛
你走進它眼睛的洞穴
飲恨的亡魂森林在裡面生長
野長城在裡面逶迤

一滴淚疾駛而去
當外面，紅色的冰雹迸射

2012.9.17

長得像夸父的人

他沒有飛出窗去追趕那火輪

像那位長著飛毛腿的祖先

他坐在房間裡

在一根桃樹枝上消磨下午的時光

——為週末的郊遊做一根手杖

他不知道桃樹枝曾經是他祖先的一根手杖

曾經被傲慢和野心施了魔咒

他削得很慢

面對那善變的木頭小心翼翼

由於他的慢，太陽也慢了下來

像一隻好奇的燈籠飄進窗子裡

外面，子彈列車疾駛而過

他繼續削著那根手杖

在二十一世紀的某個黃昏

2013.1.18

觀李嵩＊《骷髏幻戲圖》

什麼是空的替身？細細的懸絲
牽動玩偶，如生死牽動你我
機關巧布，逢場設施的喜劇
業化的衣裳已脫去第幾層？

被風月的障眼法捉住
轉蓬般驚恐於催人的寒暑
不如那爬行中的、無畏的幼童
熱情地伸手給猙獰的玩伴

大骷髏操縱著小骷髏
死亡一旦鳴金登場
肉體的巡迴是否還有別的歸途？
當五里墩佇立於五道地

堅韌的是叼住母乳的意志
吮吸著宇宙配方的無盡藏
而那髮髻側垂，敞懷的美少婦
面無羞澀，自在於旁觀者的角色

骨頭表演家，逗趣的大師
是不以南面王樂為樂的那位吧？

左腿盤曲，右腳的拇趾輕扣節拍
襆頭華麗地彎向腦後

貨郎擔竟這樣地滿
油紙傘倒掛一個傾瀉的江湖
藝人隱身畫外，一如空消寂於空
畫中的每一物皆乘著空船擺渡

2013.1.22

＊李嵩，北宋畫家。

你離開了囚禁過你的美麗國度──悼曼德拉

霧霾沉沉，包圍著
散發硫磺氣味的城市，
似乎一個毒氣室在哀悼遠方的氣候。
我在高速列車上讀到：你已長眠。
照片中的你：笑著，
一個史前人的笑，寬恕了
苦難落在你頭上的雪。

你離開了囚禁過你的美麗國度。
那裡，隔離圈的符咒
已經解除，蝮蛇蛻了皮，
已鬣足地遊走。
你在採石的囚徒中間，
抬起頭來──
一個亡魂酋長，
滿臉塗著未來的血，在笑。

你曾經像摩西，
與看不見的法老鬥法，
你贏了英國人邊沁，
用比四分之一世紀更耐久的腳力，
你走出

火山的圓形也自愧弗如的
煉獄之塔、慘絕人寰的
錐心之塔。

觀光客來到羅本島，
想戴一戴大海藍色的刑枷，
試著找到卡列班的影子，
但他們大錯特錯了。
金礦主的黑色望遠鏡長了綠毛，
裡面，被叫做蒼蠅的班圖人
用細長的腿跳舞，
達姆鼓咚咚，來自好望角。

……列車闖入
比夜幕更深的霧霾，
聽不見星星播放的悼亡曲。
人們戴著口罩，
茫然於比死者更無家可歸。
你離開了囚禁過你的美麗國度，
一根鐵柵做了你的桅杆，
帶著你的笑，向北，向東，
你抵達某個

與醒來的扁桃葉韻的

開端。

2013.12

千年香杉頌

一座活火山，深深地

隱藏起自己。

岩石留下它胚胎期的擦痕。

沒有見證者，所以直到昨日它才學會唱

傾斜在印度次大陸邊緣——橫斷山脈的陰影之歌。

蒼老的龍身，沉默的黑磁鐵，

而歡樂的葉簇如一條條綠蜥蜴竄向天空。

貓頭鷹，博學如歷史學家，站在樹洞的高窗後面打盹，

洞中，來自南詔國的雪，

洪武初年某日，雷神憤怒的灰燼，

堆積如手稿之山。

它不產生任何奇跡，除了青苔和霧，

偶爾，採蘑菇人的豬會拱出

迷失於地下的一眼泉水

（府志稱，它治癒了一州的瘟疫）。

在它的濃蔭下我不過是一個擁有

太少記憶的孩子，

雙手合十，顫慄著，

被欲望的根繫緊緊地捆縛。

2014.2

雨後雙廊的下午——給葉永青和八旬的短信

拴在岸邊的小船在搖晃中睡著了，
微波起伏，彷彿有人在水下搖櫓。
除了欸乃這個詞，沒有別的詞可以呼喚出
遠山的巑岏和一座高山湖
潑濺到天邊的綠。那裡百萬噸的雲，
正朝這裡湧來，彷彿
百萬頭母牛正被一個空行母
趕下山來，為了來慶祝
一座新屋的落成。這時，玉幾島上，
人人都換上新顏，人人都在忙碌；
七八個鄉紳相互拱手，揖讓，
談笑酷似舊時代的鴻儒。
這時（也就是酉時），風車收起了呼哨的網罟，
蘆葦的細莖平衡住飄落的草鷺。
一個婀娜在餐桌旁的美婦抬頭一望，
雲的儀仗隊裡，那空行母朝下一指，
百萬道光芒便匯聚成瀑布，
彷彿噴香的醍醐，向著下界
那些個頻頻鞠躬的，葫蘆狀的頭頂
緩緩地傾注。於是那水下的人
爬上船來，打了個寒噤，給自己倒了點酒。
整個雙廊沒人看見他

怎樣偷走了這個酩酊而
遍地錦繡的下午。

2015.1.5

跋

宋琳

　　這本詩選中的詩作大抵按寫作時間的順序排列，我將它們分為六輯時也考慮到與我生活的地點對應，它們分別是上海、巴黎、新加坡、布宜諾斯艾利斯、北京、大理。在跨度如此大的區間我往返遷徙，其中居住時間最短的大理也已超過兩年。讀者不難發現，隨著身體的位移，我的詩歌的題材和風格也發生著變化（儘管並非都是同步性地發生）。我不知道這些變化對我意味著什麼，或許每一次逃離都是為了更深地棲居於內心。

　　習詩三十多年，我相信「詩迫而成」的道理，或「意有所鬱結」，或「物色相召」，詩總是人與世界的相遇，一首詩作為心靈史的一個片段，不可避免地要烙下時代的印記。我親歷了上世紀八十年代大陸第三代詩歌運動的活躍期，我的被稱為「城市詩」的實驗性寫作得益於上海，編選中我剔除了大部分形式上過於極端的作品，而保留了若干美學冒險較為適度的樣本。域外時期的寫作，在我自己是對失語症的克服，而我觀察和體驗過的一些地區和國家的風景物華也以其差異性進入到文本之中，並非我刻意追求異國情調，毋寧說這些是構成我個人流亡語境的外部因素。

　　第四輯中的〈斷片與驪歌〉是我寫過的最長的一首詩，我將之視為一個轉折。詩中的發聲主體主要以第二人稱出現，暗示著與「第二自我」（布羅茨基稱之為寫作者將要確立的詩人

的真實身分）的對話。現場描述與採集自記憶的意象並置，分行體與不分行體交錯，意在造成複調的效果。它的形式是否足以容納「自傳性證言」的多重經驗聚合，最終需交給讀者去檢視。

最近十年來，我主要生活在國內，面對謎一樣的現實，寫作相應地發生了調整。我在一篇隨筆中寫道：「詩人，……由於某種可怕的消耗，如今他從夸父或尤利希斯那兒繼承下來的遺產就只剩下詞語了，而為了在美學上和習俗上生存下去，他必須重新鍛造適應故土的工具。」在另一篇書面訪談中我表達了相同的期許：「在返鄉的衝動中規劃新的詩歌版圖，架設起語言的測量儀，並劃定感受力的界域。」如此觀念之下，我的近作或可歸入新的「隱逸詩」，它在精神上是域外時期「流亡詩」的延續，只是言說場域回移向了本土。

感謝詩人楊小濱先生的邀約，正是他的熱情促成了這本詩選的完成和面世。也感謝「秀威」的慷慨與本書編輯羿珊的工作。

2015.5.4　大理

語言文學類　PG1407　中國當代詩典　第二輯04

告訴雲彩
——宋琳詩選

作　　　者／宋　琳
主　　　編／楊小濱
責任編輯／盧羿珊
圖文排版／連婕妘
封面設計／蔡瑋筠

發 行 人／宋政坤
法律顧問／毛國樑　律師
出版發行／秀威資訊科技股份有限公司
　　　　　114台北市內湖區瑞光路76巷65號1樓
　　　　　電話：+886-2-2796-3638　傳真：+886-2-2796-1377
　　　　　http://www.showwe.com.tw
劃撥帳號／19563868　戶名：秀威資訊科技股份有限公司
　　　　　讀者服務信箱：service@showwe.com.tw
展售門市／國家書店（松江門市）
　　　　　104台北市中山區松江路209號1樓
　　　　　電話：+886-2-2518-0207　傳真：+886-2-2518-0778
網路訂購／秀威網路書店：http://www.bodbooks.com.tw
　　　　　國家網路書店：http://www.govbooks.com.tw

2015年10月　BOD一版
定價：400元
版權所有　翻印必究
本書如有缺頁、破損或裝訂錯誤，請寄回更換

國家圖書館出版品預行編目

告訴雲彩:宋琳詩選 / 宋琳著. -- 一版. -- 臺北
市:秀威資訊科技, 2015.10
　　面;　公分
　　BOD版
　　ISBN 978-986-221-882-2(平裝)

851.486　　　　　　　　　　104009356

讀者回函卡

感謝您購買本書，為提升服務品質，請填妥以下資料，將讀者回函卡直接寄回或傳真本公司，收到您的寶貴意見後，我們會收藏記錄及檢討，謝謝！如您需要了解本公司最新出版書目、購書優惠或企劃活動，歡迎您上網查詢或下載相關資料：http:// www.showwe.com.tw

您購買的書名：＿＿＿＿＿＿＿＿＿＿＿＿＿＿＿＿＿＿＿＿＿＿＿＿

出生日期：＿＿＿＿＿年＿＿＿＿＿月＿＿＿＿＿日

學歷：□高中 (含) 以下　　□大專　　□研究所 (含) 以上

職業：□製造業　□金融業　□資訊業　□軍警　□傳播業　□自由業
　　　□服務業　□公務員　□教職　　□學生　□家管　　□其它＿＿＿

購書地點：□網路書店　□實體書店　□書展　□郵購　□贈閱　□其他

您從何得知本書的消息？

　□網路書店　□實體書店　□網路搜尋　□電子報　□書訊　□雜誌

　□傳播媒體　□親友推薦　□網站推薦　□部落格　□其他＿＿＿＿＿

您對本書的評價：(請填代號 1.非常滿意 2.滿意 3.尚可 4.再改進)

　封面設計＿＿＿ 版面編排＿＿＿ 內容＿＿＿ 文／譯筆＿＿＿ 價格＿＿＿

讀完書後您覺得：

　□很有收穫　□有收穫　□收穫不多　□沒收穫

對我們的建議：＿＿＿＿＿＿＿＿＿＿＿＿＿＿＿＿＿＿＿＿＿＿＿＿

＿＿＿＿＿＿＿＿＿＿＿＿＿＿＿＿＿＿＿＿＿＿＿＿＿＿＿＿＿＿＿＿

＿＿＿＿＿＿＿＿＿＿＿＿＿＿＿＿＿＿＿＿＿＿＿＿＿＿＿＿＿＿＿＿

11466

台北市內湖區瑞光路 76 巷 65 號 1 樓

秀威資訊科技股份有限公司　　　收

BOD 數位出版事業部

....

（請沿線對折寄回，謝謝！）

姓　　名：＿＿＿＿＿＿＿＿　年齡：＿＿＿＿　性別：□女　□男

郵遞區號：□□□□□

地　　址：＿＿＿＿＿＿＿＿＿＿＿＿＿＿＿＿＿＿＿＿＿＿＿＿

聯絡電話：(日)＿＿＿＿＿＿＿＿＿　(夜)＿＿＿＿＿＿＿＿＿

E-mail：＿＿＿＿＿＿＿＿＿＿＿＿＿＿＿＿＿＿＿＿＿＿＿